Vesa Salminen

EETVIN SAARI

Toimitus: Itävä Oy
© 2020 Vesa Salminen
Ulkoasu ja taitto: Kronogra Tmi, Elina Sukuvaara
Kustantaja: BoD – Books on Demand, Helsinki, Suomi
Valmistaja: BoD – Books on Demand, Norderstedt, Saksa
ISBN: 978-952-80-2411-8

ALKUSANAT

Haluan tällä tekstilläni kunnioittaa vanhempieni saavutuksia. Se, että perheellämme jo varhain oli käytettävissä oma kesäasunto, jopa oma saari, on asia, josta on oltava ylpeä. Saaren merkittävyys osana elämääni kasvoi koko ajan tätä kirjoittaessani. Tosin liian myöhään.

Veljistä vanhimpana minä näin ja koin nekin ajat, joista nuoremmilla on vain toisen käden tietoa kuvin ja jutuin saatuna. Olen kirjoittanut ensimmäisen osan kertomuksena ja jälkimmäisen osan kuin omaelämäkertana nykypäivään asti.

Äitimme poismeno teki tekstistä varmasti erilaisen kuin se olisi muuten voinut olla tai ehkäpä tätä sukukronikkaa ei olisi toisissa oloissa edes syntynyt.

Voi olla, että kaikki eivät pidä kaikesta, mitä olen kirjoittanut, mutta niinhän asia on aina. Minun mielipiteeni ovat minun tulkintojani. Olen myös käyttänyt hieman kaunokirjallista kuvakieltä, joka saattaa poiketa siitä, miten joku toinen kenties muistaa sen ja sen tapahtuman.

Kaikesta huolimatta olen yrittänyt tehdä tarinasta sellaisen, että se sykähdyttäisi lukijaa ja hän saisi itse lisätä mukaan omia mielikuviaan. Nauraa tai itkeä, mutta nauttia.

Haluan korostaa sitä, että jäljempänä oleva on kirjoitettu vailla erityistä ennakkosuunnitelmaa tai pyrkimystä todistaa jotakin oikeaksi tai vääräksi. Tämä on vain viimeisen vuoden mielentilojen ylöskirjoittamista. Siksi tekstin tyyli ja taso saattaavat vaihdella hyvinkin paljon.

Vaimoni Ulla ansaitsee jälleen kiitoksen tämänkin tuotteen syntymisestä. Meillä on sopimus, että hän ilmoittaa heti, jos tekstini tai sananvalintani ylittävät mahdollisen lukijan sietokyvyn rajan tahi tuotos on on ylipäätään sekavaa horinaa.

Edessänne on kuittenkin yksi kertomus Eetvin saaresta, joka myös Eevan oli.

Jyväskylän Palokassa 24.5.2020

Vesa

EETVIN SAARI

I OSA

II OSA

Saaren perustajajäsenet hääkuvassaan vuonna 1943.

Harvinainen perhekuva saaressa 1960-luvun alusta.

Eetvi ja Allan

kuin veljiä vallan

he tunsivat rannat

kultaiset sannat

nuo kuutamon aikaan

hopeaa hehkuvat

hiljaa uinuvat

1. EETVI

Koska alusta usein aletaan, niin tässäkin.

Se alusta oli joskus vain vähäinen kallioluoto, joka järveä ja siitä laskevaa jokea ruoppaamalla nousi ihan saareksi. Aivan samoin kuin tulivat esiin hiekkarannat, jotka tänä päivänäkin koristavat puhdasvetisenä pysyneen järven liepeitä.

Kirkonkylä oli tuolloin vielä vähäväkinen maalaispaikka, jossa oli muutama iso talo, entisiä torppia ja mäkitupia ynnä tietysti koulu. Maanviljelijöillä oli oma kauppansa, niin myös sillä väen osalla, jota kosken alajuoksun tehdas työllisti. Yksityiskauppojakin kylänraitilla ja sivukylillä oli vielä enemmän kuin monta.

Mutta sotien jälkeen kehitys oli nopeaa ja sisäjärven yhä kauniit hiekkarannat mökkiasutettiin lähikaupunkilaisten toimesta vauhdilla. Samanaikaisesti rintamamiestaloja nousi kylänraitin varrelle sitä mukaa, kun sodasta palannut sukupolvi tokeni tarttumaan töihin.

Eetvin kotimökki oli aivan kylän keskustassa, kirkolle kääntyvän tien mutkassa, kauppaa vastapäätä, poliisin mahtitalon vieressä. Turvallisuus oli näin taattu, vaikka poliisia pitikin pelätä.

Niin oli ajan tapa.

Vesille teki Eetvin mieli jo nuorena, ja kun kylältä löytyi samanhenkinen

Komeita olivat kulkupelit ja vielä itse tehdyt. Ei niitä joka pojalla ollut.

kaveri, oli lähijärvi otettava haltuun. Omin neuvoin ja kaiketi osin valtion tai Ahlsrömin puutavarasta Eetvi ja Allan rakensivat kanootit, kaiketi useammankin. Eetvin oikea nimi muuten oli Edvin, mutta d-kirjain oli vaikea lausua ja Allania taasen kutsuttiin Allaksi, koska sijamuotoihin taivuteltaessa säästettiin siten yksi tavu.

Vaan aika selväähän oli, ettei kanootteja tehty pelkästään melomista varten, sillä niillä tietysti houkuteltiin kirkonkylän tyttöjä, jos ei muualle, niin ainakin rantamalle ihailemaan työn tuloksia.

Ei elämä helppoa ollut ja saarikin oli siellä, missä nykyäänkin. Saari saattoi olla jo silloin Eetvin unelmien kohde, mutta ensin tuli, oli ja meni sota. Allan kävi sodan paikan päällä, mutta Eetvi ei jalkavammansa vuoksi joutunut rintamalle. Vaiva ei hänen menoaan myöhemmin juuri haitannut, mutta jotkut tiesivät myöhemmin kertoa, että miehen lupaava urheilu-ura katkesi ennen kuin oikein alkoikaan.

Urheilukenttä oli pitäjän toimintakeskus, jossa nurmet ja ritolat vilistivät kilpaa kesät, talvella painittiin ja hiihdettiiin. Eetvin pikkuserkku oli kaksinkertainen painin olympiavoittaja. Seurat olivat vahvat sekä SVUL:n että TUL:n kannattajakuntien taholla. Ja kun toisella osapuolella oli nuorisoseuran talo, oli toisella työväentalo. Kahtiajako oli luonnollinen tuolloin.

Työläisperheen elanto ei pienellä maapläntillä, pienessä töllissä ehkä ollut sellaista kuin nykymaailmassa, mutta mitä ei tiennyt olevan, sitä ei osannut kaivata. Sosialidemokratia kuitenkin kolahti vahvasti ja sekä Eetvi että pari vuotta vanhempi veljensä Paavo tunnustivat väriä heti.

Kummankin ura aukeni jo nuorena ammatiksi työväen osuusliikkeeseen ja jälkimmäisen kohdalla vielä moniin kunnallisiin luottamustehtäviin.

Poikien isä Aaku ei niinkään politiikasta piitannut. Poltti vuoroin Työmiestä, vuoroin piippua ja pyhäpäivinä pillilupia. Vanhan tavan mukaan puukko oli pystyssä hänen paikallaan pöydässä. Sille penkille ei saanut mennä muut. Isäntä oli napa pienessäkin taloudessa. Viinaa Aaku joi vain lauantaisin saunan jälkeen, perheellinen mies kun oli, mutta oli tarinoiden mukaan joskus ottanut reilumminkin, räyhännyt ei koskaan. Aaku ei ollut varreltaan kovinkaan mittava, mutta kun isänsä oli ollut ison talon sukua, oli Aakulla otteissaan tiettyä varmuutta, jolla pärjäsi niin pienviljelijänä kuin lämmittäjänä tehtaalla.

Liekö kuitenkin niin, että sekä Eetvistä että Paavosta tuli absolutisteja vanhan sukutarinan peloittamana. Aakun isoisä oli aikanaan hävinnyt tilansa kortilla ja ollut tuttu mies käräjillä. Kortinpeluu pyhäaamuna kirkonmäellä väkiviinaa nauttineena ei ollut ollut oikein soveliasta ja jalkapuussakin oli mies kavereineen joutunut istumaan. Talo meni ja perhe levisi maailmalle. Suvun juuret löytyvät sekä maa- että vespuolen Korpilahdelta.

Eetvi oli aina poikkeuksellisen näppärä käsistään ja nopea liikkeissään, vaikka melonta jotenkin tuntuisi rauhallisen miehen ja mielen lajilta. Varmaankin Allan hieman juurevampana tyyppinä tasoitti kaksikon vauhtia.

Kylänrannasta melontamatka pienen lammen ja hitaasti vastavirtaavan salmen kautta järvenselälle oli parisen kilometriä. Tyynellä säällä se oli varmasti nautinnollista, mutta melkein aina luoteesta puhaltava tuuli olikin jo toinen asia. Ei Eetvi vielä aavistanut, mihin tuo tuuli joskus hänet perheineen myöhemmin toi ja vei.

Nuoret miehet kiersivät järven joka kolkan ja valitsivat tukikohdakseen pienen luodon keskellä järven selkää. Kumpikaan ei tiennyt, kenenkä maihin tai vesiin luoto kuului, mutta ei kukaan sitä edes kysynyt tai omakseen penännyt, ja kuinkas muuten kuin "Kutula" tuli mökkipahasen nimeksi.

Silloin tyttöjä riiatessaan Eetvi ja Allan elelivät hetkessä tietämättä, että piskuinen Kutula tuli muodostumaan vielä yhdeksi merkittäväksi jaksoksi ensiksi mainitun elämää jatkosodan viimeisenä kesänä ja muutamana suvena siitä eteenpäinkin.

Ajan tavan mukaan Eetvikin oli mennyt töihin heti koulusta päästyään eli 15-vuotiaana.

Kaksikko Lokkiluodon terssilla. Allan ihan pyhäputsingissa. Liekö ollut jokin juhlapäivä.

Paikallinen työväen osuuskauppa otti pojan ensin tsuppariksi, sitten varastolle ja lopuksi varastonhoitajaksi. E-liikettä mies ei sittemmin hylännyt, vaikka muuta - niin kerrotaan- tarjottiinkin.

Palkka antoi nuorelle miehelle mahdollisuuden katsella maailmaa muualtakin kuin järven aaltojen perspektiivistä. Niinpä Eetvillä oli heila vähän joka kylässä ja isommissa kaksikin, mutta ahkera valokuvaaminen omalla rahalla ostetulla laatikkokameralla jo Kutulan aikana ja sittemmin muun muassa Viipurissa aiheuttivat pientä skismaa henkilökuvien kohdalla joskus myöhemmin.

Sitähän ei Eetvi silloin tiennyt, vaikka Allan kyllä varoitteli liiasta uhosta ja avoimuudesta kuvien suhteen.

Eetvi halusi kuitenkin jotakin muuta, ja kun osuuskaupan johtaja pyysi miestä mukaansa Keski-Pohjanmaalle, nuori mies oli heti valmis. Johtajan perheeseen kuului vaimon lisäksi kaksi kaunista tytärtä, joka sekin auttoi Eetviä ratkaisussa. Ehkä vähän isompi työsarka ja palkka myös jotakin vaikuttivat. Ja ennen kaikkea varma työpaikka silloin paljon mittavammassa osuusliikkeessä.

Aaku ja Elli, Eetvin vanhemmat, olivat hyvinkin työiässä, vanhempi veli sodassa ja nuori sisko vielä kotona, joten oli oikea aika lähteä. Ikää miehellä oli jo reilusti päälle 20 vuotta, mutta toinen maisema nyt edessä. Tasaista, tasaista ja sitten taas tasaista.

Isä-Eetvin ensimmäinen työpaikka. Pihapiirin varastot on jo purettu, mutta osuuskaupan päärakennus on nykyisin suojelukohde. Suojeltuja ovat myös viereinen koulu ja toisella puolen tietä poliisi Joonas Vuorisen talon pihapiiri rakennuksineen.

14

Vaikka uusi ympäristö ja työpaikka vaativat osansa, ei Eetvi hetkeksikään unohtanut tai antanut muiden unohtaa kotijärveään ja sitä paikkaa, johon hän mielikuvissaan oli kaiketi jo rakentanut saunan ja aitan. Hän ja Alla olivat usein rantautuneet pinta-alaltaan reilun 2000 neliömetrin kalliosaareen, jossa lokit pesivät ja värjäsivät kalliot. Saaren toisessa päässä oli iso kivi kuin maamerkkinä ja sen nimi oli yksinkertaisesti vain Iso kivi ,johon oli tapana merkitä veden korkeus eri vuosina ja vuodenaikoina. Etelän puolella saarta oli sileää peruskalliota, vesi kirkasta. Paikoin hieno hiekkapohja, paikoin vähintään kaksi kiveä kiven vieressä. Saari kuului lähitalon maihin ja siellä pidettiin kesäisin lampaita, jotka huolehtivat tunnetun tehokkaasti aluskasvillisuuden perkaamisesta.

Eetville ei sopeutuminen Keski-Pohjamaalle ollut ongelma eikä asemasodan staattinen tilanne ollut joka hetki mielessä. Hänen oli ollut kuukausittain käytävä sotilaspiirissä ilmoittautumassa siltä varalta, että ääritilanteessa käsky rintamalle tulisi.

Retvakka oli miehen tyyli ja olemus uudessa työpaikassa ja asuinympäristössä. Jälkipolvet saivat myöhemmin kuulla, että juuri Eetvin reipas kiroilu puheen liitteenä herätti huomiota ja jopa pahennusta pitäjän uskonnollisissa piireissä, mutta se iski kylän tyttöihin kuin keskitasoa rajumpi salama. Sehän pitkänsolakalle – isäänsä verrattuna – ja kiharakutriselle Keski-Suomen pojalle sopi vallan mainiosti. Ei sinne oltu menty suremaan, vaikka vähän murhettakin tuli myöhemmin sekaan.

Kun käskyä rintamalle ei sitten kolahtanut ja vaikka tansseja ei saanut tuolloin järjestää, Eetvi kulki seudulla kuin Olavi Linnankosken kirjassa tulipunaisesta kukasta. Näin hänestä jotkut joskus kertoivat, mutta tuo lento ei ollut kovin pitkä, sillä kohtalo toi osuuskauppaan myyjäksi nätin tytön, joka oli peräti missiksi valittu pitäjän kauneimpana. Ja tarina alkoi…

*****

Eetvi jäi eläkkeelle E-Liike OTK:n Jyväskylä jakelukeskuksen myyntijohtajan tehtävästä vuonna 1980. Aatteen miehenä hän piipahti töissä vielä päivittäin, kunnes dementia alkoi viedä miestä kiihtyvällä vauhdilla. Oma saari oli se paikka, jossa hän viihtyi yksinkin, mutta vähitellen se kävi mahdottomaksi. Ajokiellosta huolimatta hän onnistui pääsemään vanhan kaverinsa Allanin luo ja viimeinen kerta oli sitten se viimeinen kerta. Allan oli soitettava poliisi, joka vei Eetvin ja auton kotiin.

Pian siitä katkera matka palvelutaloon oli edessä. Ehkä mukava mies

Paskonsaaren eli Vesalan isäntä, osuuskauppaveteraani, mökin nurkalla joko tulossa tai menossa niin kuin aina.

olisi ansainnut toisenlaisen lopun, mutta puolison uupumusta ja perillisten ehkä lievää ja varmasti tahatonta välinpitämättömyyttä hän ei enää onneksi tajunnut. Vanhimman pojan viimeinen muisto isä-Eetvistä oli, kun hän syötti isälleen puuroa lusikalla hoitokodin ruokalassa. Isä luuli häntä veljekseen.

Muistisairaan E-miehen veto loppui 21.1.2000, mutta se saari jäi ja on yhä.

Haaveet on haaveita

elämältä ei kysytä

eikä elämä kysy

se vain vie

yksisuuntainen tie

loppuun asti

2. EEVA SANELMA

Keski-Pohjanmaalta oli 1800-luvun lopulta alkaen pitkälti seuraavalle vuosisadalle valtava muuttoliike etupäässä Kanadaan ja Yhdysvaltoihin. Muuan Otto Nestori oli alaikäisen Eero-poikansa kanssa osa sitä. Ikävää vain, että Otto Nestorilta jäi Suomeen parivuotias tyttölapsi ja toinen vielä syntymätön. Viime mainittu sai sittemmin nimen Eeva Sanelma, mutta räätäli-isän lupaus tulla hakemaan vaimonsa ja tyttärensä luokseen Kanadaan jäi räätäliltä suutariksi. Isäänsä ei Eeva Sanelma näin ollen koskaan nähnyt.

Eeva Sanelman äiti oli ollut aiemminkin naimisissa ja hänellä oli siitä liitosta neljä lasta.

Tavallinen tarina karua lakeutta. Huutolaistyttönä talosta toiseen kulki Eevan polku aluksi. Vasta vanhimman sisarpuolen muutettua Helsinkiin nuorinkin sisarista pääsi kokemaan ja näkemään hänen luonaan muutakin kuin pelkkää latomerta. Olihan omalla kylälläkin joki eikä merelle kuin 30 kilometriä, mutta juuri ripille päässeelle maalaistytölle Helsinki oli jotakin ihmeellistä. Sitä se oli monelle muullekin. Siitä ovat todisteena suomalaiset elokuvat. Niissähän joko köyhä tyttö muutti isoon kaupunkiin tai käänteisjuonessa aatelismies vaelteli puukko vyöllä ja säkki kepinvarressa pitkin maalaismaisemia leikkien niin kulkuria että.

Aatelismiehen ja Eevan polut eivät ilmeisesti kohdanneet, koska jälkimmäinen palasi takaisin kotiseudulleen jatkosodan alkaessa. Eeva olisi toisissa oloissa ollut hyvää lotta-ainesta, ikää kun oli sopivasti 16 vuotta, mutta ei tainnut kukaan edes pyytää. Ehkä hänen olisi sittenkin kannattanut jäädä Helsinkiin. Näin hän useammin kuin kerran myöhemmin väläytti tuntojaan.

Hulda Sofia, Eevan äiti, oli silloin vasta 50 vuotta täyttänyt,

Osuuskaupasta alkoi äiti-Eevankin ura. Sieltä samaan taloon tullut Eetvi hänet löysi.

**Pian oltiinkin jo veneessä matkalla.
Mutta minne?**

mutta paljon sairastellut. Nykyisin
se ei ole kovinkaan kummoinen ikä,
mutta ajat olivat tuolloin toiset ja
tuberkuloosi noilla seuduin oikea
vitsaus kuten kurkkumätäkin. Perhe
selvisi hengissä ja kaksi vanhinta
muutti isosiskon perässä Helsinkiin.
Lopulta Eevan lisäksi vain toinen
pojista jäi kotikylään loppuiäkseen ja
perusti hänkin ison perheen. Serkku-
ja Eevan lapsille.

Onneakin tarvitsi huutolaistyttö ja
niin sattuikin. Hän pääsi piikatytöksi
tunnetun kirjailijan kesänviettopaik-
kaan ja sai kaiketi paljon virikkeitä
isäntäväen kirjallisista ja teatteriinkin
liittyvistä elämäntavoista. Sieltä hän
sai pohjan myöhemmälle teatteri-
harrastukselleen ja ehkäpä seuraava
sukupolvikin siemaisi siitä myöhem-

**Lokkiluodollepa tietenkin, Kutulan huvilaan, jonka Eetvi ja Allan perimätiedon
mukaan olivat rakentaneet.**

min jotakin.

Ja luultavasti valinta kylän kauneimmaksi tytöksi veti toista sukupuolta puoleensa kuin kärpäspaperi, vaan sitten tuli, kukapas muu kuin Eetvi. Ja kohta ensimmäinen pojista...

Joen rannalla kasvaneelle Pohjanmaan tytölle järvimaisema oli jotakin aivan erilaista..

Kolme iloista ja paljon kesävieraita sisältänyttä kesää kolmihenkinen perhe vietti Kutulassa, mutta näköetäisyydellä oli koko ajan vähän isompi, oikea saari, jonka valloittamiseen Eetvillä lienee ollut jo valmis suunnitelma.

* * *

Eetvin kuoltua Eeva asui muutaman vuoden heidän yhteisessä kodissaan, mutta muutti sitten senioritaloon ja vuosi sitten hieman tasokkaampaan paikkaan. Nyt on pian edessä siirtyminen ryhmäkotiin. On vaikea sanoa, ansaitseeko kukaan vanhuutta ja sairautta, joka muuttaa ihmisen luonteen täysin muuksi. Näin Eevalle on vuoden kuluessa käynyt. Hän elää nyt aivan omissa maailmoissaan, jossa "ei oo" ja "ai jaa" tuntuvat olevan hänen käymänsä sisäisen keskustelun kommentteja tai toteamuksia. Edes saari ei herätä enää mitään reaktioita. Joskus hän tunnistaa tai muistaa jonkun henkilön tai jonkin asian, mutta koko ajan harvemmin. Vain henkisesti pahan olon hän sanoo lisääntyvän koko ajan. Uskomattomia ovat ne kuvitellut matkat, joita hän nyt sanoo tehneensä ja yhä tekevänsä, maailmankuulu asiantuntija monellakin alalla kun uskoo olevansa.

Ehkäpä niin on ollut toisessa elämässä, jossa hän kertoo olleen kaiken lisäksi paljon väkivaltaa, aseita ja pelkoa. Kaikessa on kuitenkin vankka linja siihen, että noilla kuvitelmilla on selkeä yhteys Eeva Sanelman ongelmiin anoppisuhteessa, ellei sitten mennä jopa 30-luvulle.

Sitä ei kukaan enää pystynyt selvittämään samoin kuin ei sitäkään, aiheuttiko Eeva Sanelman kaatuminen hoivakodissa ja/tai sairaalassa aivovaurion. Hänen persoonallisuutensa muuttui joka tapauksessa syksyn 2018 kuluessa aivan toiseksi häntä eniten tavanneiden voidessa vain seurata sivussa. Lääkärin tekemä muistitesti saman vuoden elokuussa oli vielä hyvin positiivinen.

Mutta sitten jo väistämätön loppu tuli aamulla 23.5. Nopeasti, ei odottamatta, kai kivuttomasti.

Eeva Sanelma laskettiin Eetvinsä viereen aivan lähisukulaisten saattamana. Sää oli silloin kesäkuun 8. päivänä kaunistakin kauniimpi niin kuin oli Eevakin tässä elämässä.

Äiti-Eeva kaiketi viimeisiä kertoja siinä oikeassa Saaressa joitakin vuosia sitten.
Sauvat piti jo olla mukana. Maasto oli aika vaikeakulkuista.

Osuuskauppa

sen pihapiiri

toppaa nakersi sokerihiiri

häädettiin pois

vielä syönyt kai ois

3. SAARTA KOHTI

Tämä on tarina Pasko(n)saaresta, virallisesti Vesala -nimisestä kesäpaikasta, sen asukkaista Eetvistä ja Eeva Sanelmasta sekä heidän kolmesta pojastaan Veskusta, Arskasta ja Pasista. Teksti on subjektiivinen näkemys kahden sukupolven kesänvietosta Veskun silmin ja tuntein sanoiksi muokattuna. Voi olla, että fiktiota on faktaa enemmän ja maalaisromantiikka liioiteltua, mutta esimerkiksi kylällä Veskun mummulan vieressä sijainneen tilan heinäntekotalkoot olivat kuin elävissä kuvissa. Tarkemmin Vesku ei kuitenkaan niistä muille kertonut. Se oli hänen tapansa.

Joskus armeijassa sanottiin, että kun aikanaan tulee, pääsee aikanaan poiskin. Niin kuin elämässä yleensäkin. Kaikki vain kesti liian kauan. Auvo muuttui hitaasti tuskaksi ja tuska liki vihaksi, joka vuosien kuluessa kuitenkin laantui ja vaihtui myönteisemmäksi. Kaiketi kaihoinen alakulo olisi sopiva määritelmä tänä päivänä.

* * *

Sotamuistot ovat yhä osa vähitellen poistuvan sukupolven mielessä, mutta oma kertomuksensa on Veskullakin. Tosin kuultu ja kuvista nähty, ei omakohtaisesti muistissa eikä ensinkään niin raakaa kuin evakkojen taival. Aivan varmaa kuitenkin on, että Veskukin olisi pelännyt, jos olisi osannut, kun oli kolmen viikon vanhana pienelle kallioluodolle kyhätyssä lomamökissä äiti-Eevan kanssa vihollisen koneiden pommittaessa pitäjän kirkkoa. Venäläiskoneen sihti kylläkin petti muutaman kymmenen metriä, mutta kuoppa kirkonmäellä oli pitkään nähtävyys.

Oli kesä 1944. Isä-Eetvin sylissä pikku-Vesku katselee jo tiukkana edessä olevia kiviä niin kuin Lokkiluodolla aina oli tehtävä.

25

Yhtään vähemmän värikäs ei ollut kertomus junamatkasta Pohjanmaalle elokuussa 1944. Matka oli kestänyt 18 tuntia, kun aina välistä oli jouduttu siirtymään junasta metsään ilmahälytyksen takia. Tuskin jo reilun kuukauden vanha Vesku siitä isommin oli hätkähtynyt, kunhan ruokaa vain riitti. Pulska pikkuipana pärjäsi siten niin "sodassa kuin rauhassa ja murheen onnen aikana."

Pari- kolme kesää tuo mainittu piskuinen luoto oli kesäpaikka välistä koko Eetvin suvulle. Sen vanhat valokuvat edelleen kertovat. Tuntuu lähes uskomattomalta, että matalan veden aikaan 10x10 metrin luodolle mahtui saunamökki, parhaimmillaan kymmenkunta henkilöä ja vielä Veskulle oma teltta. Se pystytettiin joka vuosi. Itse Vesku ei hahmota tuota aikaa, mutta ilmeisesti hän oli tuiki onnellinen tai paremminkin onnellisen ymmärtämätön.

Väitetään, ettei alle nelivuotias oikeasti muista mitään, mutta ainakaan Veskun kohdalla se ei pidä paikkaansa. Niin monta kauhukuvaa hänelle jäi mieleen Keski-Pohjanmaan tasaisilta tantereilta.

Pienimpiä niistä ei ollut vieläkin muistiin piirtyvä tilanne yksin jäämisestä, nukutusleikkauksesta jalkainfektiossa tai siitä, kun hän heitti kivellä rikki kelloliikkeen ikkunan jostakin syystä. Niin ikään kirkon puisen vaivaisukon kaltoin kohtelu piinasi häntä. Kahteen jälkimmäiseen hän rukoili anteeksiantoa vielä kauan, melkein aikuisikään. Yhtä yksin jättämistä hän ei unohda koskaan. Ei auttanut silloin edes se, että hän kiipesi keittiön pöydälle ja yritti

Isä, poika ja iso saalis. 40-luvulla kala vielä söi ja kävi pyydyksiin. Aaku- pappakin viihtyi Lokkiluodolla.

26

huutaa ikkunan läpi ulos äidilleen.

Kummallista oli se, että yleensä pahat asiat unohtuvat, muistot muuttuvat jalometalliksi, mutta niin ei itse asiassa ollutkaan. Iloiset asiat olivat myöhemmin silloisilta aikuisilta kuultuja, mutta kyllä Vesku itsekin muisti kauan Saara-nimisen romanitytön, josta äiti- Eeva ei isommin pitänyt.

Näin joskus myöhemmin kävi ilmi. Siinä suhteessa oli jo tunnetta mukana toisin kuin hyvin usein toistetuissa kertomuksissa Veskun ruokahaluista tai potalla istumisen ennätyslukemista. Sitä, että hän katkaisi kaksi maitohammasta kaatuessaan ovenpidikkeeseen tai söi lipeää maistamismielessä, hän ei muista itse. Ne jutut ovat aikuisen kertomaa faktaa, mutta varmasti väritettyä.

Kesällä 1949 Vesku täytti viisi vuotta Keski-Suomessa isänsä Eetvin puolelta esi-isiensä mailla tai ainakin lähellä niitä. Siinä ei sinänsä ollut mitään ihmeellistä, koska näin piti varmasti käydä.

Eetvi ei jäänyt tasamaille olemaan, haki vain vaimon sieltä ja poika nimeltä Vesku tuli vähän kuin vahingossa ainakin kalenterin mukaan. Ja sitten pois Pohjanmaalta, takaisin järvien luo. Liekö jäljetkin vähän peloittaneet.

Päijänteen rannan maisema oli aivan muuta kuin mihin pikkupoika oli tottunut. Kirkko sielläkin oli, mutta ei rautatieasemaa. Satama ja tehdas löytyivät aivan läheltä, teatteri oli samassa talossa ja elokuvat vähän matkan päässä pellolla. Ikäkavereita löytyi ihan naapurista ja lämmin oli hiekka aina sen ajan teillä. Kesät paljain varpain. Jo oli kirkonmäelle oli mukava kivuta.

Teatteriin sattui Veskun ensiesiintyminen julkisuudessa, kun hän ryntäsi kesken

Ei nuori isäntäkään ulkonäöstä päätellen nälkää nähnyt kesällä 1945. Oma sviitti oli pystytetty.

näytännön puolustamaan äitiään, sillä vieras mies oli ilkeä äidille tämän roolissa. Paikallislehtikin noteerasi jutun muutamalla rivillä. Veskun ura teatterissa ei kuitenkaan auennut, ei edes myöhemmin. Laulutaito näet puuttui.

Vesku ei tiennyt eikä tiedä vieläkään, puhuiko hän kenties jotakin murretta, mutta ei häntä kuitenkaan kukaan pilkannut, ei edes pyhäkoulussa opettaja huomauttanut muusta kuin siitä, ettei piharakennuksen katolle saa kiivetä ja roikkua sähkölangoissa. Ihan aiheellista tuo viimeksi mainittu, sillä yksi poika jäi johtoihin roikkumaan, kun virta laitettiin jossakin päin pihapiiriä päälle. Ei poika sentään kuollut, mutta kädet pahoivat pahasti. Vesku-pojalla oli säkä silloin.

Pikkupojilla oli pikkupoikien kujeet ja kun kiellettiin jonnekin menemästä, sinne mentiin. Niinpä kerrankin yksi pojista, Ikosen Jussi, putosi märällä pellolla ojaan, jonka yli piti hypättämän. Hän alkoi itkeä, jotta nyt tulee muutakin kuin kovia sanoja kotona. Myötätunnosta kaveria kohtaan Veskukin hyppäsi ojaan.

Molemmat saivat selkäänsä. Silloin vielä oli Koivuniemen herra sallittu käytäntö, mutta ne kolme kertaa, jotka Vesku aikanaan sai koivurisusta olivat lähinnä muodollisia kovuuden osalta ja itse asiassa aiheesta. Mutta sitä ojastooria Vesku ja Jussi muistelivat kanssa Ravintola Ilokivessä opiskeluaikana

Isä-Eetvi jo kravattihommissa. Tie kulki Kannuksesta Korpilahden kautta Jyväskylään ja tukkukaupan puolelle.

liki 20 vuotta myöhemmin. Taisivat juoda muutaman kaljankin. Jännittävää oli myös päästä isä-Eetvin kyydissä osuuskaupan kuorma-autolla pitkin kyliä viemässä tavaroita asiakkaille. Sitä, että isällä ei ollut ajokorttia, pikkupoika ei tiennyt. Ja vaikka olisi tiennyt, ei olisi ymmärtänyt. Rikos on kuitenkin vanhentunut, joten sepä siitä. Ehkä käytäntö oli sitä edistysmielistä osuuskauppahenkeä, joka nyt on kuopattu.

Saarta kohti oli karavaani matkalla. Eetvin kotitalossa ensin lyhyesti poiketen perheen kulku vei kaupunkiin, jonne sitten pysyvästi jäätiin. Mutta saari oli jo hankittu. Eeva Sanelma ei siitä pitänyt tai oikeastaan hän ei pitänyt anopistaan Ellistä ja tunne oli heti molemminpuolinen. Eetvi oli näet pahasti äidinpoika. Sen Vesku huomasi jo varhain, mutta mummulan pullaedut olivat kotioloja selvästi paremmat, joten poika käytti ne hyväkseen. Samoin teki serkkupoika Kari, joka oli Eetvin siskon vanhempi tuotos, Veskua vuotta nuorempi.

Suku ei silti ollut pahin ja ehkä yksi parhaista kesistä oli se, kun Eetvin Paavo-veli rakensi taloa mummulan viereen ja serkkulauma sai pyöriä työmaalla hanslankareina oikeastaan tekemättä mitään. Itse asiassa silloin syntyi se urheiluhenki, jota Kari ja Vesku vaalivat vuosia peli- ja urheilukentillä ja tekevät niin yhä omillaan. Elämä vain vei eri tahoille ja suhteet katkesivat niin kuin jäljempänä käy ilmi.

Oli ensin esikoinen

sitten muut

toinen ja kolmas

nälkäiset suut

pian täyttivät tilan

tuntui oudolta

moinen

4. ESIKARTANOILLA

Oli pula-aika, monet asiat kortilla ja monille oma mummula siis arvossaan. Kaikilla ei sellaista ollut, mutta se, että kaupunkilaispojaksi muuttuneelle Veskulla tai oikeastaan Eetvi-isällä oli saari, oli aivan ihmeellistä. Sinne oli - kuten sanottu - ensimmäiseksi rakennettu tietysti sauna ja sitten aitta, jossa oli nukkumatila, varasto ja puusee. Kaikki puutavara kuulemma pakkilaatikoista purettua hukkalautaa. - Se oli Eetvin saaren alku.

Silloin alkaneet kolme vuotta olivat ilmeisesti Veskun saarielämän parasta aikaa. Hän oli vielä ainoa lapsi, koko savotta oli hänen ja omanaan hän piti sitä vielä pitkään, itse asiassa armeijaikään asti.

Ennen veli-Arskan syntymää Vesku sai olla jokseenkin omissa oloissaan ja opittuaan lukemaan hänestä tuli Tarzan, Monte-Criston kreivi, Jalnan nuori Renny, Paavo Nurmi, mikä milloinkin. Oli pakko keksiä jotakin. Kalastaminen ei häntä innostanut. Sen viehätys katosi jo noin viidentenä ikävuotena soututehtävien myötä. Illalla laskettiin verkot ja pitkäsiima, aamulla ne sekä katiskat nostettiin ja katsottiin, sunnuntaisin vedettiin uistinta. Soutaja huopaa tai soutaa tunnetusti aina väärin eikä isä-Eetvi negatiivisia kannustushuutoja säästellyt. Äiti-Eevan hän oli jo ajat sitten turhauttanut ja näin "vetovastuu" oli siirtynyt hyvin pian Veskulle.

Eeva Sanelmalla oli vaikeat ajat. Hänet oli revitty juuriltaan aivan outoon ympäristöön ja kun suhteet anoppiin eivät missään vaiheessa lähteneet rullaamaan myönteiseen suuntaan, oli selvä, että tunnelmat alkoivat jo aika varhain tummeta. Ei sitä pikkupoika koskaan osoittanut huomanneensa tai halunnut

Nuori äiti ja nuoret koivut. Puista jokin saattaa vielä olla pystyssä.

31

edes huomata, vaikka kuuli enemmän kuin kumpikaan vanhemmista arvasi. Vähästäkin voi nauttia. Nimittäin rauhasta silloin, kun isä-Eetvi lähti aamulla kaupunkiin töihin.

Ensin tämän oli soudettava pari kilometriä kylänrantaan, sen jälkeen linjapiilillä kaupunkiin ja illalla tietysti takaisin. Sitä ei pitkään kestänyt, sillä jo toisena kesänä hankittiin perämoottori. Se oli äänekäs peli eikä läheskään aina käynnistynyt, joten melkein kiroilun voimalla Eetvi usein taittoi matkan. Tyynellä säällä matkanteon äänistä saivat mökkinaapuritkin nauttia. Aivan lähellä oli Veskun opettajan kesähuvila. Ujoa poikaa vähän nolotti tai jopa pelotti, kun hän sattui joskus yhtä aikaa kylälle tai kauppaan open kanssa, tämä kun tuppasi aina kyselemään kaikkea.

Kalliosaaressa oli paljon keltiäisiä eli kusiaisia monena alkuajan kesänä, mutta ne hävisivät vähitellen kuin itsestään. Tuskin silti siksi, että Vesku tuhosi niitä vasaralla saunarannan kiviportaille aikansa kuluksi. Aikamoinen viestitysjärjestelmä muurahaisilla oli, sillä hyvin pian jopa vain muutaman niistä jouduttua ihmisterrorin kohteeksi porrastaso kihisi keltiäisiä.

Pikkupojasta se oli hauskaa, mutta ei varmaankaan murkuista.

Saaren kanssa oli tietysti tultava sinuksi. Veden kanssa niin kävi väkisin ja ehkä kauneinta mitä silloin saattoi saavuttaa, oli yksinolon hetki saaren etelärannan kivellä. Aurinko oli jo aika korkealla ja lämmitti pintaveden nopeasti,

Saaren idylliä etelän puolelta.

mutta äiti- Eeva ei juuri vedessä ta edes ulkona yleensä viihtynyt. Taisi silloin odottaa Arskaa. Pieni tuulenvire saattoi tulla etelästä. Voi jotta Vesku nautti. Mitä hän kaipasi, hän ei vielä tiennyt. Unelmoiko hän jostakin vai eikö vielä osannut!

Helsingin olympiakesänä rakennettiin varsinainen asuinrakennus ja vanha sauna muunnettiin keittiöksi, uusi sauna tuli rantaan. Nyt oltiin jo huvilanasukkaita ja käsite "Eetvin saari" vakiintui suvun ja vähän muidenkin kielenkäytössä. Kukaan ei silloin tai oikeastaan pitkään aikaan tullut ajatelleeksi, että Eeva Sanelma omisti puolet koko potista. Tämä tosiseikka, jonka eteen Vesku, Arska ja Pasi myöhemmin joutuivat, tuli ajankohtaiseksi paljon myöhemmin.

Rakennusvaihe oli hektistä aikaa myös pikkupojalle ja ennen kaikkea kivaa. Talkooväkeä oli aina paikalla, vaikka Eetvi väitti jälkeenpäin tehneensä lähes kaiken itse kerätystä puutavarasta. Miksi näin oli, Vesku tajusi vasta paljon myöhemmin nähdessään isänsä puurtavan veroilmoitusta otsa märkänä. Verottaja kun meinasi ihan verottaa omin käsin tehdystä omaisuudesta.

Muutenkin saarikulttuurissa välitettiin tuohon aikaan hyvin vähän kalastusluvista ja saunavihdat käytiin tekemässä talveksi valtion metsästä. Nehän olivat yhteisiä. Sama koski joulukuusia. Eetvi katsoi oman kylän pojalla olevan enemmän oikeuksia kuin muualta tulleilla. Hänhän oli kaverinsa Allan kanssa jo vuosikymmeniä aikaisemmin valloittanut järven. Kai siitä sai hyödyntää. Åmanin Otto ja Mari olivat ainoat, joilla oli Eetvin mielestä samat oikeudet kuin hänellä. Otto ja Mari – Mari souti aina - poikkesivat Eetvin saaressa melkein joka aamu kalasta palatessaan, antoivat kalan tai kaksi ja saivat kahvit.

– Tosin Rengas-sellaiset, ei siis kovin laadukkaat.

Maitoa tarvittiin tietysti aina ja kun kauppamatka oli pitkä, sitä haettiin vastalypsettynä Harjun Herin tilalta, jonne piti soutumatkan jälkeen kulkea hautausmaan vieritse. Veskulle maidon haku oli monivuotinen ja monivaiheinen miehuuskoe. Hautausmaa oli varsinkin syyskesällä pelottava, ukonilma vähintään samaa luokkaa. Se sankarius, jota vanhimpana poikana täytyi osoittaa, oli kaukana maitoreissuilla.

Isoja puita piti välttää ukkosella, mutta mitäpä mäntymetsässä sitten oli, ellei juuri sellaisia.

Järvellekään ei saanut lähteä. Leppäpuskassa Vesku istui ja pelkäsi yksin, kunnes salamavyöry loppui. Kalliosaaren järistessä sellainen pelon näyttäminen olisi tullut kuuloonkaan, koska isä-Eetvikään ei pelännyt. Hänen filosofiansa oli, jotta jos sattuu kohdalle, niin se on siinä.

Saaren asukeilla oli jonkin aikaa vain yksi vene, joka oli Eetvin käytössä. Hän tarvitsi sen työmatkansa aluksi. Ensin se ei ollutkaan ongelma, koska saareen tultiin 1.6. ja sieltä lähdettiin 31.8. Isä-Eetvi kävi päivittäin kaupungissa ja vei veneen, joten muu perhe oli saaren vankina. Sitä olotilaa taisi kestää onneksi vain muutama kesä, kunnes hankittiin toinen. Uusi ikäpaatti oli aika väljästi nikkaroitu ja vuoti kuin seula vielä parin päivän turvottamisen jälkeenkin., mutta täytti tehtävänsä ja paloi kulkunsa lopuksi nätisti juhannuskokossa risuilla täytettynä joitakin vuosia myöhemmin.

Vesku oli kuitenkin jo varhain huomannut, että rannallakin tapahtui ja eräänkin kerran hän kuunteli isänsä ja Allanin juttelua, jossa mainittiin uimakoulu, hänen kiinnostuksensa heräsi heti.

Kulkuongelma oli helppo ratkaista. Hän ui lähirantaan paita päähän solmittuna ja käveli kilometrin matkan paikan päälle. Ei hän uintiopetusta tarvinnut, mutta tuntui mukavalta tehdä uintiliikkeitä kuivalla maalla ja ihan vain katsella muita. Ja olihan siellä tyttöjäkin. Saaressa kun oli äidin ja Arskan lisäksi vielä vastasyntynyt pikkuveli, Pasi. Pieni sosiaalinen kontakti alkuasukkaisiin kuitenkin syntyi ja sai jatkoa, kun isä-Eetvi vuokrasi yhtenä kesänä kioskin kylän keskustasta ja Vesku oli tietysti se, joka joutui töihin sinne.

Saaren rauha järkkyi aika pian. Arskan ja häntä neljä vuotta nuoremman Pasin syntyminen toivat elämään vauhtia ja ennen kaikkea vaarallisia tilanteita. Peloton oli perheenpää lastatessaan joka vuosi kesäkuun 1. päivänä joukkonsa tavaroineen Allanin rannassa veneeseen. Veneessä oli reunat niin kuin lasissakin, ylin lista juuri ja juuri vedenpinnan yläpuolella eli piripinnassa. Veskun tehtävä oli soutaa ylilastattu vene matalasta rannasta syvemmälle. Joskus alku piti ensin työntää vedessä kahlaten ja sitten kömpiä puikkoihin keskituhdolle. Arskan piti samanaikaisesti äyskäröidä laidan yli täyttävää vettä pois ja pikku-Pasi katseli maailmaa äiti-Eevan sylistä onnellisena uristen.

Isä-Eetvi veti narusta Evinrudea käyntiin ja kasteli tulpat joka kerta. Tulppa taisi joskus pudotakin ja kerran koko perämoottori. - Se oli 50-lukua se.

Kuin ihmeen kaupalla kuitenkin selvittiin aina perille eikä Veskun tarvinnut koskaan tehdä ratkaisua, kenet hän pelastaisi ensin, jos vene kaatuisi. Suunnitelma hänellä oli kaiken varalta, koska isä-Eetviä lukuun ottamatta muut eivät olisi uimataidoillaan selvinneet rantaan eikä pelatusliivejä tuohon aikaan oltu nähty edes kuvissa.

Haikea tunne

ei harhaa tuo aika

vietimme kesät

paljon koimme

kentillä kisoissa

pienissä isoissa

jotakin kuitenkin

luulen

me loimme

5. VESKU JA KARI JOHANNES

Serkku Kari, Eetvin sisarenpoika, oli Veskun lapsuuden ja varhaisnuoruu-
denkin ajan paras kaveri. Hän viihtyi kesäisin osin yhteisessä mummulassa ja
lähes yhtä ison aikaa kesästä hän asusteli saaressa. Siihen aikaan muutkin su-
kulaiset olivat paljon yhdessä. Nimenomaan Eetvin suku eikä äiti- Eeva var-
mastikaan aina ollut asiasta vilpittömän iloinen, vaikka vieraat toivat saareen
uutta elämää ja usein ruokatarvikkeet mukanaan. Talon tarjoamista antimista
Oriveden serkut muistavat yhä erityisesti vesirinkilät, joiden ravintoarvo oli
aika vähäinen, mutta säkkikaupalla niitä yhdessä syötiin ja nautittiinkin. -
Elämä tuntui laiffilta.

Helsingin olympialaiset oli pikkupojillekin tapaus. Olympiasoihtu kuljet-
tiin kylän pääväylää, vanhan nelostietä pitkin. Sitä olivat kaikki katsomassa,
ja Vesku tunsi erityisesti ylpeyttä siitä, että isän kaverin Allanin veli Erkki, oli
yksi soihdunkantajista. Muistikuva tapahtumasta lievitti osittain kateuden-
pistoa siitä, että Karin isä oli sittemmin paikan päällä ihan olympiastadionilla
kisojen avajaisissa. Eetvi ei urheilusta enää piitannut, mitä nyt kerran vei
perheen katsomaan ME-mies Soini Nikkisen keihääheittoa naapurikylään. Ei
lentänyt pitkälle silloin. - Se keihäs.

**Pihassa keihäs lensi, joskus perunasta tehty moukarikin. Välillä käytiin joessa
uimassa ja tietysti tarvittaessa mummulassa tankkaamassa. Karille leivottiin aina
oma leipä, Vesku oli pullapoika.**

Vesku ja Kari aloittivat urheilu-uransa kansakoulun pihalla ja sen vierestä lähtevällä tiellä, joka vei kuuluisan arkkitehdin suunnittelemalle kirkolle. Koulun kentällä heitettiin kilpaa itse tehdyillä keihäillä ja kirkonmäkeä ravattiin ylös ja alas. Kari heitti kevyellä pajukeihäällä ja Vesku vähän painavammalla lepästä kuoritulla. Ja kun mäkitien alareuna osuuskaupan makasiinin takana oli pehmyttä hiekkaa, se soveltui erinomaisesti hyppylajeihin. Keihästä heitettiin niin kauan ja kauas kuin jaksettiin, sillä treenin tarkoituksena oli ottaa kaksoisvoitto keihäässä Tokion olympialaisissa vuonna 1964. Se ei onnistunut, mutta onneksi Pauli Nevala hoiti asian.

Urheilukentälle serkukset siirtyivät, kun Kari sai 10-vuotislahjaksi ylihienon kellon, jossa oli sekundaattori. Alettiin ottaa aikaa. Matkat olivat 60 metristä 3000 metriin. Ajoissa kyllä he hieman huijasivat itseään. Sen ainakin Vesku huomasi heti samana syksynä uuden koulun kisoissa.

Parhaaksi lajiksi hänelle vakiintuikin sittemmin kolmiloikka, Karille aitajuoksu. Saavutuksista eivät pojat sen paremmin myöhemmin hehkuttaneet.

Kylän poikiakin oli kentällä kymmenkunta lähes aina, joten kunnon kisa saatiin aina aikaiseksi. Kun urheiluvälineet olivat vapaasti saatavissa kenttäkopista, voitiin heittää oikeaa kiekkoa ja työntää kuulaa, jopa juosta aitoja. Keihästä pidettiin vaarallisena pikkupojille. Silloin ei tavaroita viety, säretty tai muuten vain tehty ilkeyksiä.

Urheilu oli pyhä asia. Pitäjän kenttä sijaitsi kilometrin verran etelään koulusta ja osuuskaupoista ja niin ollen myös Karin ja Veskun mummulasta. Se oli nelostien varteen, tavallaan kuin kauniiseen harjuun istutettu. Poikien mielireitti sinne oli kirkonmäen kautta ensin pitkin pientä kylätietä ja lopuksi jyrkkä pudotus harjulta alas kentälle. Matkalla oli mansikka- ja mustikkapaikkoja, joita tietysti käytettiin hyväksi. Itse kenttää kiersi 300 metrin hiilimurskarata ja sen etusuoralla oli jatke, jotta 100 metrin kilpakin oli mahdollista. Ja virallisia kilpailujakin oli paljon. Ennen kaikkea juostiin, mutta myös kuularinki oli ahkerassa käytössä hyppypaikkojen lisäksi. Pojilla oli joka päivä omat kisansa, sillä seuran kilpailuissa ei ollut nuorten sarjoja. Hulluimmalta tuntui tuon ajan jako SVUL:n ja TUL:n seurojen välillä. Stä kaupunkilaispojat eivät oikein ymmärtäneet vielä silloin.

Aina ei Vesku kuitenkaan voinut olla mantereella. Saaresta hän tosin pääsi aina uimalla tai omatekoisilla lautoilla pois, mutta työvelvollisuudet lisääntyivät, kun nuorin veli syntyi. Talo tarvitsi Veskun apua. Oli vedenkantoa, tiskausta, kalanperkausta, verkkojen selvittämistä, puiden pilkkomista ja saunan lämmitys, jos hän veljien vahtimiselta ehti. Joka päivä oli myös juostava, hypättävä pituutta, korkeutta ja seivästä sekä työnnettävä kuulaa Veskun itse raivaamalla pienoiskentällä.

Kun Isä-Eetvi oli kaksi kuukautta kolmesta kesäkuukaudesta töissä, Veskulla oli hätäsuunnitelma myös sen varalta, että hän löisi itseään kirveellä jalkaan tai muuten satuttaisi paikkansa. Onneksi hän ei joutunut koskaan kokemaan, miten suunnitelma olisi toiminut tositilanteessa. Muut eivät varotoimista edes tienneet, liekö edes ajatelleet.

Kari-serkku oli paljon saaressa ja jakoi kiltisti työt Veskun kanssa. Äiti-Eeva ei välttämättä ylimääräisistä ruokittavista tykännyt, mutta hän sanoi sen – kuten paljon muutakin - vasta vuosia myöhemmin. Silloin asialla ei kuitenkaan ollut enää väliä.

Isäntänä Vesku piti kirjaa eri lajien saariennätyksistä, jotka hän merkitsi pieneen mustakantiseen vihkoon. Koska kilpailijoita oli vain yksi tai kaksi, ja Kari Veskua nuorempi, kaikki ennätykset olivat viime mainitun nimissä. Valitettavasti pikkuveli Pasi tuhosi – niin väitettiin - tuon vihkon jossakin vaiheessa, joten ennätykset jäivät vain Veskun muistin varaan, mutta ikuisiksi, sillä kumpikaan nuoremmista veljistä ei ollut kiinnostunut niitä rikkomaan. Veskun mielestä ei edes olisi pystynyt.

Koska Kari iän myötä oli vuosi vuodelta vähemmin saaressa, jäi Veskulle paljon aikaa yksinoloon. Sillä oli hyvät puolensa. Paljon tuli luetuksi ja vielä enemmän syntyi unelmia, mutta siltikin ikäkaverin puute sai saarielämän vähitellen tuntumaan murrosikää painivassa Veskusta vuosi vuodelta ahdistavammalta.

Sitten Kari lakkasi kokonaan käymästä. Hän teki kesätöitä uitossa kaupungin lähellä. Sitkeä heppu. Polki pyörällä aamuöisin 25 kilometriä hiekkatietä töihin ja illalla takaisin mummulaan, mutta tienasi hyvin, paljon paremmin kuin Vesku isänsä firmassa.

Arskasta ja Pasista ei Veskulle juuri ollut seuraa, olivat niin paljon nuorempia. Ehkä joskus niihin aikoihin Vesku alkoi herätä tajuamaan syntyneen ja koko ajan pahenevan saarisyndrooman perheessä. Lopullinen sysäys oli se, kun hän huomasi perheen palatessa tavan mukaan kaupunkiin erään 50 -luvun kesän loppupäivänä, mitä kaikkea hän oli menettänyt. Kaupunki ja nuoriso olivat eläneet pimeneviä syyskesän iltoja. Kortteli oli kierretty ja hänet oli haudattu saareen. Vaihtoehtoja ei vielä silloin ollut.

Melkein aikamiehelle viimeiset kesät saaressa olivat tuskallisia.

Alussa oli isäntä emäntä ja pikkurenki

isännän asettama oli

pelin henki

vieraita kävi kaukaakin paljon

vain renkipoika näki

katseen aljon

jonka emäntä piilotti

ja sitten hymyksi kiillotti

6. KESÄVIERAAT

Veskun lapsuuden kesät Eetvin saaressa ennen armeijaa veivät hänen elämästään n. 4-5 vuotta, vähän laskentatavasta riippuen. Ennen nuorempien veljien syntymää kaikki oli toisin. Tai siltä ainakin tuntui joskus myöhemmin. Vastapäätä saarta oli leirintäalue, jossa oli vielä 1950-luvulla vilkasta. Saksalaisia oli paljon. Monet uivat saareen ja istuskelivat rantakalliolla tajuamatta, että olivat yksityisalueella. Isä-Eetvi paljasti pikkupojan mielestä yllättävän piirteen luonteessaan kutsumalla ulkomaalaiset usein saunaan. Mutta kun eräs ryhmä pystytti yön aikana telttansa mökin takapihalle, se meni hänestä jo vähän liioittelun puolelle. Äiti-Eevalle jokainen vieras oli kauhistus, pikku-Veskulle mukavaa vaihtelua.

Aluksi saaressa kyläili paljonkin väkeä myös Keski-Pohjanmaalta. Oli jopa äiti-Eevankin sukua ja muuten vain ystäviä tai satunnaisia tuttuja, mutta vuosien mittaan ne käynnit harvenivat. Itse asiassa niinhän kävi koko yhteiskunnassa. Tuli tavaksi, että vieraat tulivat ajallaan ja lähtivät sovitusti ja mieluummin vaikka ennen sitä. Näin saaren emäntä valitettavan antoi usein ymmärtää.

Vesku ei varmasti muista, muotoiliko äiti jo tuolloin lauseensa vieraille siihen malliin, jotta jos nyt lähdette, ehditte ennen pimeää kotiinne.

Lähisukulaisia ynnä kylänmiehiä ja -naisia kävi kuitenkin emännästä huolimatta. Hyvinkin usein Eetvin vanhemmat eli Veskun isovanhemmat olivat pyhäpäivänä saaressa. Se oli ennen kuin mummu sai Aaku-papan houkuteltua viimeinkin sunnuntaikirkkoon.

Joskus moni etäisempikin sukulainen tuli rannalle vilkuttamaan. Heidät haettiin veneellä saareen, jos huomattiin. Vahtiminen oli yleensä Veskun hommaa ja joskus sopivassa tilanteessa hän antoi isä-Eetvinkin huiskia paidallaan rannalla jonkin aikaa vain osoittaakseen, ettei se odottaminen niin mukavaa ollut kuin isäukko luuli ennen kuin kohdalle osui. Kiroilun ja manailun kuunteleminen jälkeenpäin ei haitannut yhtään. Se oli oppia ilon kautta vain.

Se, että Kari-serkku oli läsnä Eetvin saaressa, oli tavallaan normaalia arkipäivää, mutta kun Eetvin veljen Paavon perhe saapui, silloin oli aina juhlaa. Kanssakäyminen alkoi jo Paavon rakentaessa sen rintamamiestalonsa mummulan lähelle. Serkkujoukko lisääntyi sen jälkeen vielä muutamalla ja sieltä alkoi serkusten tutustuminen toisiinsa. Aakun juhliessa 70-vuotista eloansa melkein kaikki olivat jo olemassa. Nyt Aakun lastenlasten sukupolvesta yksi

Äidin puolen sukulaisia kävi harvemmin, jotkut ystävät kuitenkin joskus. Me vel-
jekset emme silloinkaan vaatteilla koreilleet. Kari-serkku oli kylläkin pukeutunut.
Tytöt kuvassa olivat vieraisilla olleen kannuslaisen ystäväperheen jälkikasvua ja
Veskun varhaisimpia kavereita.

on jo poissa.

Yhteinen mummula oli tukikohta, kun taloa rakennettiin, vaikka Vesku harmikseen joutui joskus saareen yöksi. Siskonpetikin saattoi olla ahdas. Mummula ei ollut järin suuri: tupa ja yksi huone sekä vain kesäisin käytetty yläkerran huone tai oikeastaan vintti. Porstuassa oli konttuuri ja tuvan lattiassa lunkku, joksi sen alla olevaa kuoppaakin nimitettiin. Perunakuoppa oli parin sadan metrin päässä kosken pientareella. Se tuli syksyisin perunannoston aikaan Veskulle ja Karille hyvin tutuksi.

Vuonna 1901 rakennetun taloa ympäröivät isot koivut ja yhden juurella oli kaivo, jossa ei odotuksista huolimatta koskaan ollut vettä. Marjapensaita oli joka lajia ja yksinäinen omenapuu kukki aina kauniisti joka kesä, mutta sen hedelmiä ei syönyt kukaan. Yritettiin kyllä mummun mieliksi. - Nyt idyllin paikalla on arkinen rivitalo. Eetvi myi tontin joitakin vuosia äitinsä kuoleman jälkeen. Rakennus oli siinä vaiheessa jo arvoton.

Taiteilija Uuno Tuuliaisen maalaus Muuramen mummulasta ja sen pihapiiristä.

Joskus mummulassa juhlittiinkin. Eikä aina ollut kesä. Aaku-pappa täytti 70 vuotta 22.3.1954. Serkukset koottu poseeraamaan.

Augustin (Aaku) ja Hilma Elinan (Elli) kultahääpäivä 16.11.1962.

Mutta silloin ennen päivät Paavon rakennuksella menivät niin kuin lapsilla on tapana. Juostiin paikasta toiseen kilpaa tai muuten vain oltiin aikuisten tiellä. Vesku, Kari ja Riitta olivat perustrio ja mukana lyllersi sitkeästi pikku-Taili eli Raijaliisa. Joku kisa oli aina päällä. Paavon vanhin tytär Marja-Leena eli Pipsa ei niihin osallistunut. Hän taisi joutua jo enempi työpalveluun. Mummulan lauantaisauna oli kylänkuulu. Serkukset eivät tienneet, maksoivatko kyläläiset saunasta vai kävivätkö ihan ilmaiseksi. Eikä sillä ollut väliä. Sen verran myöhemmin ilmeni, että taiteilija Uuno Tuuliainen maalasi saunamaksuna ainakin kolme taulua mummulasta. Yksi niistä on Veskulla ja yksi Raijaliisalla, kolmannesta Veskukaan ei tiennyt, kun sitä joku kerran kysyi.

Saunojissa oli monenlaista väkeä eikä alkoholikaan ollut kiellettyä. Aaku-papalla oli Eetvin kaupungista tuoma pullo kirkasta lauantaisin. Hän ei paljon puhunut, säästi sanoja varalle. Sitä Vesku ja Kari joskus ehkä ihmettelivät tai voi olla, etteivät oikein vielä ymmärtäneet koko juttua.

Mutta painiin Aaku oli aina valmis poikien kanssa. Siinä sitä pihanurmikolla ähellettiin.

Mummula oli muutenkin kylän ydin, sillä postiauto pysähtyi aina mummulan kohdalla, antoi postisäkin ja väki kävi sitten hakemassa postin tai mummu sen jakamassa. Hän oli siis tavallaan valtion virkamies tai ainakin toimihenkilö eli joku kuitenkin. Ja Vesku ja Kari veivät sanomalehden lähellä asuvalle tilan pehtorille hyvin mielellään, sillä tämä antoi aina mentolikarkkia palkaksi.

Kylän yksi merkkihenkilö, opettaja Elma Toikka, kävi myös päivittäin mummulassa ja muisti aina kysyä pojilta heidän koulumenestyksestään, vaikka oli hänelläkin kesäloma. Hän asui aivan vieressä sijainneella koululla ja muutti kaupunkiin vasta eläkkeelle jäätyään. Aikamoinen sattuma oli, että opettaja Toikka asui Veskun naapuritalossa juuri silloin kuin tämä oli muuttanut ensimmäiseen omaan asuntoonsa. Pientä juttua heillä aina tavatessaan oli yhteisistä vuosista. Aaku-pappa oli jo kuollut, kuten moni muukin, mutta Veskun mummu vielä aika voimissaan.

Serkkuja ei voi valita

mutta jos voisi

joukko sama

myös tänään oisi

silloin sammal suhisi kallioilla

ei ehtinyt juurtua jäkälä

ruohonkorsikaan uudelleen nousta

7. SERKKUTYTÖT

Aivan oma lukunsa saaren kesissä oli jo mainittu Paavon perheen vierailu. He tulivat joka kesä suvun yhteiseen mummulaan ja jatkoivat siitä Eetvin saareen. Taisivat olla parhaimmillaan jopa kolme viikkoa, mutta aina se aika tuntui Veskusta liian lyhyeltä. Vastavuoroisesti Vesku ja ainakin Arska vietti-

Joskus istuttiin rauhallisesti saaren aurinkoisessa pihassa.

vät aika pitkiäkin jaksoja Orivedellä. Silloin kesä kesti sen kolme kuukautta ja siinä ehti. - Rakentamassaan talossa Paavon perhe ei koskaan asunut. Se oli vuokralla koko ajan.

Paavo ja Eetvi olivat samannäköisiä ja -kokoisia. Kummaltakin lähti tukka jo aika varhain ja he kutsuivat toisiaan nimikkeellä "poika." Se oli meistä joskus aika hupaisaa. Erojakin heillä oli, sillä Paavo oli aina valmis mihin

Sitten saatettiin lastata vene täyteen. Kuvassa vasta puolet väestä.

Ja mentiin koko joukolla juoksemaan hiekkasärkille kilpaa. Välillä aina uitiin ja syötiin tietysti eväät. Vesi oli särkän eteläpuolella (kuvasta oikealle) aina paljon lämpimämpää kuin muualla.

Iltapäiväauringossa istuskeltiin taas pihakalliolla.

Usein kolmea sukupolvea koolla.

tahansa touhuun meidän lasten kanssa, kun taas Eetvi kulki aina otsa rypyssä ja piti meidän urheilutouhujammekin turhana hömppänä.

Jossakin noihin aikoihin saari-idyllin ollessa ulkonaisesti valmis pieniä säröjä alkoi näkyä tai oikeastaan Vesku alkoi ymmärtää asioita ja tulkita joitakin arkisia kuvioita. Äiti-Eeva alkoi yhä enemmän vetäytyä pois muusta joukosta, sillä ymmärrettävästi Eetvin suvun ainainen läsnäolo ei ollut sitä mitä hän halusi. Mitä hänen vaihtoehtonsa olisi ollut, ei koskaan selvinnyt. Ehkä nuorin veljeksistä, Pasi, voisi jotakin valaista. Hän oli lähimpänä äitiä, Arska oli isän poika ja Vesku vain esikoinen.

Oriveden väen äiti-Eeva kuitenkin hyväksyi jo pelkästään siksi, että kaikilla oli niin mukavaa, ukonilmat poislukien. Jyrähdykset toisensa perään tuntuivat kuin salama olisi iskenyt aivan viereiselle kalliolle ja taisipa se kerran yhden pihamännyn pistääkin päreiksi. Vesku ei silloin muista olleensa paikalla. Ehkäpä hän oli maidonhakureissulla siellä hautausmaan takana.

Äiti-Eevan hyväksymisen takana oli oikeastaan se, että Paavon vaimo, Sirkka, piti koko joukon evästyksestä huolen. Sirkka-täti oli puhelias ja jaksoi joka vuosi kertoa jutun siitä, kuinka Vesku iltarukouksen sijasta luki vahingossa ääneen sanat paikoillenne, valmiit. Oli mennyt kisa veriin. Riitta, Raijaliisa, Kari ja Vesku. Siinä se oli. Marja-Leena oli vähän vanhempi ja muut siskot ja

Riitta, Kari ja Vesku olivat kova kolmikko, kun kilpailtiin saaren mestaruuksista kaikissa mahdollisissa lajeissa 50-luvun alkuvuosina. Raijaliisa oli muuten vain mukana, Marja-Leenalla jo ison tytön ohjelmat, Kristiinaa – nuorinta – ei vielä ollut ja Karin veli Markku oli harvoin joukossa.

veljet liian nuoria samaan menoon nelikon kanssa.

Tuon ajan positiivinen yleisilme oli jotakin sellaista, mitä saaressa ei koskaan myöhemmin tavoitettu. Me vanhemmat serkut tulimme murrosikään, ohitimme sen ja aika pian aloimme luoda omaa elämäämme. Arska ja Pasi viettivät huomattavasti lyhyemmän jakson saaressa kuin Vesku ja jossakin 1970-luvun alussa Eetvin saaressa olivat sitten kaksin Eetvi ja Eeva Sanelma, perustajajäsenet.

Tällä hetkellä eletään paljon somessa ja me serkuksetkin olemme nykyisin kommunikoineet enemmän kuin vuosiin tai jopa vuosikymmeniin. Mitä tulee saaren alkuperäisväestöön eli veljestrioon, keskinäiset suhteet ovat nykyisin asialliset. Äiti-Eevan muistisairaus yhdistää ja oma terveys ahdistaa. Saarielämää Pasi kuvaili kerran painajaismaiseksi. Monia muitakin laatusanoja on, kunhan niitä kelailee.

Mutta mietitään tovi vaikka sitä, kuinka monta kertaa Vesku sanoi, uskoi tai tunsi olleensa onnellinen, onnekas ei juurikaan. Ehkä joskus. Vaikka tieto aikanaan lisäsi tuskaa, sillekin pystyy nyt nauramaan, joten ei se sitten niin pahaa ollutkaan. Pasin ja auton yhteenotto oli vakava asia, mutta Arskan taipumukselle kompastua joka ainoaan koivunjuureen saaressa Pasi ja Vesku naureskelevat vieläkin. Ja monelle muullekin pikkujutulle, mutta ehkä silti eniten isä-Eetvin monimuotoiselle kikkailulle. Se on nimittäin osoittanut olevansa periytyvää sorttia.

Vesku on ainakin ominut isältänsä piirteen, jonka seurauksena hänen perheessään elää käsite "Kikka-Kullervo." Sitä ilkeä jälkipolvi ja joskus vaimokin käyttävät. Veskun toinen nimi on näet komeasti Kullervo.

Luoteistuuli

pohjoistuuli

länsituuli

ainatuuli

1. kesäkuuta

ei sitten muuta

kuin vesille lasti

päästiin perille asti

märkinä

mutta onnellisina

8. RENKKELINRANNAN SALMISET

On mahdotonta kirjoittaa saaresta kertomatta jotakin myös rannan asukkaista. Allan ja Eetvin elinikäinen ystävyys oli jotakin ainutlaatuista. Allanin poika, Seppo, on siitä usein kirjoittanutkin. Miehillä oli sama sukunimi, silti sukua he eivät olleet, mutta rakentajia kumpikin. Eetvi teki saareen kesämökin ja Allan rantaan talon. Yhteisiä projekteja heillä olivat kanootit ja Lokkiluodon mökki, joista jälkimmäisessä Vesku-poika vietti ainakin kesät 1944-46, ehkä vielä seuraavankin.

Venepaikka Eetvilla oli Renkkelin rannassa tai Salmisen rannassa, kuten sitä Eetvin perheessä nimitettiin, perämoottori oli talvet Allanin rantavarastossa tai piharakennuksessa ja myös jotkut perheen autoista olivat huollossa tai muuten vain siellä.

Eetvi jopa viljeli perunaa Allan pihassa myytyään kylän keskustassa olleen kotitalonsa tontin. Niistä perunoista on edelleenkin maku suussa. Lienenkö koskaan syönyt sen parempia.

Allanin tytär Eeva piti myös yhteyttä saaren Eevaan ihan loppuun asti. Ja jo mainittu Seppo sekä Eevan aviomies Ahti olivat Veskun lisäksi äiti-Eevan perunkirjoituksessa mukana. Miesten ystävyys kantoi siten seuraavaankin sukupolveen.

Perheen mieleen jäivät myös Allanin veljet Jaska ja Erkki, jälkimmäinen kova maileri ja taisi juosta keskimatkojakin. Kaistisen perhe, erityisesti jo mainittu Ahti ja veljensä Juha, tuli tutuksi heti, kun Vesku kävelemään oppi. Itse asiassa Veskulle jo hyvin maanläheisesti. Hänelle nimittäin tuli iso hätä kesken kesäjuhlien Muuramen työväentalon pihalla ja Kaistiset, kun asuivat silloin talossa, lainasivat pottaa tarpeeseen. Näin kerrotaan.

Edellä olevat rivit ovat sisällöltään aika suppeat, mutta tärkeät, koska saaren ja rannan väestön yhteisistä muistoista voisi helposti saada toisenkin tällaisen kirjasen. Se jälkipolville ja muillekin näin tiedoksi ilmoitetaan.

II OSA

Noususta laskuun

ei jäänyt rahaa taskuun

en tiedä oliko reikä päässä

vai risat taskut

ehkä aivot jäässä

jäi vähiin kaskut

mutta periksi ei voinut antaa

1. LUKU

Oli varmaankin joku helmikuun pakkaspäivä. Penkinpainajaiset oli painettu ja tenttiaika alkoi. En muista aivan tarkasti ajankohtaa, mutta joka tapauksessa tallustaessani viimeisen kerran koulusta kohti lapsuudenkotiani tajusin yhtäkkiä, että tämä on nyt ohi. Pelottikin vähän. Olin pitänyt koulusta ja koulunkäynnistä varsinkin lukiossa jopa niin paljon, että loma-ajat olivat minulle usein suorastaan tuskallisia.

Kotiin oli matkaa parisen kilometriä. Ohitin kaupungin korkeimman rakennuksen. Sen takana oli montuksi kutsuttu jääkiekon pyhättö, joka nyttemmin siistittynä kantaa liikuntapuiston nimeä. Sinne jäi monta hikipisaraa ja monta on muistoa sieltä. Ja syntyipä niitä vielä paljon myöhemminkin jalkapallon ja kaukalopallon parista. Niistä en silloin vielä tiennyt, en edes arvaillut.

Toinen kiinnekohta oli kilometrin verran eteenpäin. Tipula eli tyttölyseo. Yksi sen tuotoksista on vaikuttanut elämääni ratkaisevasti, mutta olen myös ollut mukana yhden sen oppilaan tuottamisessa.

Luulen, että jos tänä päivänä kävelisin saman matkan, minua saattaisi enempi sykähdyttäisi toinen urheilun keskus, alun perin ravirata eli Hippos, jonka suhteen kaupungin tulevaisuuden suunnitelmat ovat olemassa, mutta rahoitus taitaa sakata. Hippos oli itselleni aivan pikkupojasta lähtien tärkeä paikka. Asuimme hyvin lähellä sitä, vain pieni lampi oli välissä. Tuossa lammessa muuten uin pikkupoikana ja ongin monen muun lailla. Ruutanoita parempaa saalista ei koskaan tullut. Sen sijaan tuli uimakielto. Lampi oli saastunut, jopa enemmän kuin kaupungin sydämessä oleva isompi vesi.

Perheemme asunto oli viidelle hengelle ahdas ja lukurauhasta oli turha puhua. Etenkin ylivilkas Pasi piti siitä huolen, jos ei muuten niin häipymällä jonnekin tai vaihtoehtoisesti potilaana sängynpohjalla kipeänä milloin mistäkin. Hänellä oli ilmiömäinen tartuntapinta, kun kyseessä oli mikä tahansa sen ajan kulkutaudeista.

Samaan aikaan Arska-veljeni oli jo oppikoulussa ja ellen väärin muista, jouduin auttamaan häntä aika paljon koulunkäynnissä. Se oli veljellinen velvollisuus. Varsinkaan matematiikka ei ollut veljieni vahvinta osa-aluetta. Eivät he siitä ole koskaan puhuneet enkä minäkään sitä silloin sen kummemin tuonut esiin. - Tai jos totta puhutaan, ehkä sentään vähän. Olin itse nimittäin lukenut silloisen pitkän eli laajan matematiikan. Todennäköisesti veljeni muistavat tämän kohdan aivan eri lailla.

Luulen, että jossakin viimeisen koulumatkan varrella mieleni muuttui

Tutunnäköinen kaveri näpäyttämässä pesäpalloa.

Ai, niinhän se olikin. Matkalla kohti TUL:n Suomen mestaruutta Helsingissä 30.6.1959. Sattui vielä syntymäpäivä numero unolle.

haikeasta riemukkaaksi. Tiesin kyllä, että perhe muuttaa seuraavana päivänä saareen, mutta minulla oli kesätyöpaikka ison osuuskaupan kuorma-auton apumiehenä. Olin menossa ensi kertaa muualle kuin isä-Eetvin hommiin. Lisäksi minulla oli jo lapsena muodostunut selvä tavoite olla jonakin päivänä liikunnanopettaja. Ammattinimike oli silloin vielä voimistelunopettaja. Sillä hetkellä uskoin pääseväni saaren kurimuksesta eroon, mutta toisin kävi. Asuntomme kaupungissa vuokrattiinkin joillekin opiskelijoille, joten minun oli pakko körötellä Simson- mopolla aamuin illoin kesäpaikkamme ja kaupungin välillä. Itse asiassa taisin työntää sitä laitetta yhtä paljon kuin ajaa. Urheilu oli sillä hetkellä minulle muuta elämää tärkeämpi. Olin päässyt mukaan pesäpallon mestaruussarjassa pelaavan seurani ykkösrinkiin ja sillä hetkellä kaikki tuntui menevän vain siinä sivussa vihellellen, mutta eihän se tietystikään niin oikeasti tapahtunut. Harjoituksiin pääseminen kävi hankalaksi, ja kuin kruununa uralleni polveni niksahti paikaltaan serkkutytön kanssa twistiä tanssiessa. Se oli siinä. Silloin kun muu pesisjoukkue treenasi kesätauolla, minä hypin yhdellä jalalla ja maalasin apumiehenä saarimökkiämme, kun olin kuulemma joutilas. Lääkäri kaupungissa sanoi, että taitaa polvesi olla kipeä ja minä sanoin jotta joo.

Liikunnalle pääsin pyrkimään, mutta keskeytin ensimmäisen päivän jälkeen polveni takia. Se kipeytyi toisessa paraatilajissani, koripallossa. - Ja sitten oli armeija edessä.

En tiedä, tuliko minusta mies armeijassa, kuten sanonta kuuluu, mutta se ei ehkä ollut paikka, jossa varsinaisesti viihdyin. Olin kuitenkin joukkuepelaaja, vaikka rehellisyyden nimessä o sanottava, että jos minulla meni hyvin, en niin välittänyt siitä, miten joukkueella meni. Luulen yhä, että paljon vain itsensä kanssa kilpaillut voi kokea niin. Siinä oli yksi niitä saaren kirouksista. Kun heittää vaikkapa tikkaa joskus tuntikaudet muodostamalla itsestään viisi joukkuetta, niin voittaa aina ja vieläpä niin kuin haluaa. Saman voi tehdä myös kuulantyönnössä tai oikeastaan missä ja miten tahansa. Joskus sadepäivinä saatoin laskea joukkueittain kertolaskuja ja otin suorituksesta aikaa. Lopuksi tarkistin tuloksen. Joskus nytkin muistelen, millaisia ne kriteerit voittoon silloin olivat. Sen kuitenkin tiedän, että nykypäivänä häviäisin silloiselle itselleni 6-0, 6-0, 6-1. Yhden pelin antaisin armosta.

Kokeilin jopa sulkapallon pelaamista itseäni vastaan, mutta osoittautui liian vaikeaksi ehtiä verkon alta toiselle puolelle vastaamaan omaan lyöntiinsä. Nopeuteni ei riittänyt.

Itsesääli ei ole häävi luonteenpiirre ja säästyin siltä ilmeisesti joko tyh-

Veljekset ne siinä. Takana näkyy kontti, joka taisi olla jonkinlainen majan ja leikki-mökin välimuoto.

58

myyttäni tai tietämättömyyttäni. Nehän eivät ole sama asia, joten veikkaan jälkimmäistä. Esikoisena minä jouduin tekemään sekä hyvät että pahat työt ensimmäisenä, mutta näin takakäteen ajateltuna, arvomaailmani muodostui silti jotakuinkin normaaliksi. Mitä nyt laahasin pari vuotta perässä ikäkavereistani. Tila kuitenkin tasoittui päästessäni armeija-aikana ensimmäisen kerran irti Eetvin saaresta. Sen jälkeen en aikoihin sinne mennyt ja ilakoin avoimesti siitä, että nuoremmat veljet joutuivat saareen niin kuin ennenkin. Pari opiskelukesääni meni näin ja sitten minä muutin omilleni kokonaan.

Veljeni kapinoivat kesäjärjestystä vastaan paljon minua nuorempina ja ehkä minä vähän vielä silloin tuin heitä isä-Eetvin sääntöjen kiertämisessä. Niinpä molemmat veljeni olivat minulla kesätöissä eli valtion hommissa, nuorempi kaksikin kertaa. Sillä he välttyivät osin saarikesän pakoista, kuten Pasi asiantilan usein on todennut. Jonkinlaista nepotismia perheestä vielä tuolloin löytyi, olimmehan me kaikki kolme veljestä olleet isä-Eetvin töissä kukin vuorollamme.

Aivan kuten nytkin nuorena piti olla ja oli hyväkin olla kesätöissä. Minua jäi kuitenkin kismittämään muuan ikäkaverini, joka oli samassa työpaikassa useampana kesänä ja aina koko kolme kuukautta. Isä-Eetvillä oli usein tapana

Jos meitä jokin vielä yhdistää, se on laituri. Jokainen joutui vuorollaan sen asentamaan.Vesku vuosina 1950-1963, sitten nuoremmat veljet isä-Eetvin komentaessa marmoriportailta. Yleensä hän väitti, ettei vesi voi olla kylmää, mutta kyllä se vain kesäkuun 1. päivänä miltei aina oli.

huomautella siitä, minä kun olin hänen töissään vain puolet kesästä. Viimeisen kerran muuten juuri sen verran, että liksa riitti ajokortin hankkimiseen. Sitä en ole koskaan katunut.

Tämän kuvan alla luki Nöpö.

Maailman parhaaksi saunaksi sanottu.Sen "marmoriportaiden" raahaaminen saareen on vaatinut melkoisesti hevos- ja miesvoimia, mutta komeat ne olivat alkujaan.

Kotikaupunkini

tunsin sen

rakastin sitä

sekin minua

kunnes hylkäsi

lähdin mutta palasin

olen muuttunut

niin on myös kaupunki

mutta sydämet ovat yhä yhtä

2. LUKU

Äidin kuolema sattui juuri tähän kohtaan kirjoittamisprosessia. Sairas ja väsynyt keho ei enää ottanut vastaan ravintoa eikä antibiootteja. Hän nukkui pois 23.5.2019.

Kirjoitan ehkä joskus lisää tai sitten en. Juuri nyt se tuntuu turhalta, koska olisin halunnut äitini lukevan tämä tekstin silloin, kun hän oli vielä voimissaan. Olisi vain pitänyt aloittaa aiemmin. Kuten jo edempänä mainitsin, en ollut mikään äidinpoika Pasin tavoin tai isänkään Arskan tavalla, minä olin vain poika, jolla äiti-Eevan mielestä oli outo huumorintaju ja omituinen suhtautuminen perinteisen työväenliikkeen aatemaailmaan. Ehkäpä edellinen virke on juuri sitä huumorintajua, koska minä edelleenkin osaan nauraa myös itselleni.

- Edellä olevat rivit kirjoitin 24.5.2019.

Koska olen nyt 75-vuotias ja saarimuistelmani edellä päättyivät viimeiseen kouluvuoteeni ja sitä seuranneeseen armeija-aikaan, noiden yli 50 vuoden välissä on luonnollisesti tapahtunut paljon. Ei aina niin positiivista minun kannaltani katsottuna ja aika pitkälti omasta syystäni, mutta se side, mikä minulla oli tuohon saareen, ei ole koskaan kokonaan katkennut eikä niin

Urheilukenttäni parhaimmillaan. Siinä on juostu, hypätty, heitetty ja pelattu. Serkkujen kanssakin, mutta useimmin minä yksin. Takana oleva aitta oli nukkumatila aikanaan.

Äiti-Eeva keittiössä, joka oli osa saunaa aluksi. Sitä ei kovin moni muista.

tapahdukaan. Ikävää ei sinne ole jo pelkästään sen sijainnin ja maastonkin takia, mutta tapa, millä saaren rakennuskantaa on veljieni toimesta hoidettu, saa heikon arvosanan.

Viimeisinä aikoinaan äiti-Eeva puhui saaresta usein. Hän oli sitä inhonnut, itse asiassa koko kylää ja vähän edemmäksikin, mutta herkistyi vanhempana muistelemaan paikan ja olemisen hyviä hetkiä. Olin kerrankin äidin kanssa samaa mieltä, vaikka olin itse tavallaan ja paperillakin näemmä irtisanoutunut koko kalliosaaresta. En ole voinut sille mitään, että joka kevät paikka kuitenkin tunkee väkisin mieleeni, olinpa missä tahansa.

Pahin tilanne minulle oli, kun menin lähes kymmenen vuoden tauon jälkeen saareen. Sitä ei oltu vielä jaettu, mutta kaikki ne paikat, jotka olin muokannut ja rakenteet, jotka olin itse tehnyt, oli jätetty vaille hoitoa. Ei edes tikkataulu ollut paikallaan ja kuulan löysin talon alta. Sillä hetkellä kaduin syvästi, etten ollut rökittänyt veljiäni varmuuden vuoksi etukäteen. Nyt se oli myöhäistä. Taisin ihan vetistellä, niin pahasti kaikki kirpaisi. Jollakin tavalla kuitenkin tajusin, ettei se ollut enää minun paikkani ja kaiketi torjumisprosessi alkoi silloin, mutta loppua sille ei vieläkään näy.

Tarkoitukseni ei kuitenkaan ole kirjoittaa elämäkertaa, ehkä pikemminkin muistelmia siitä, miten yksi pieni kalliosaari ja yhden miehen unelma voi jollakin tapaa rikkoa melkein kokonaisen suvun keskinäiset välit. Miksi niin kävi, saattaa tosin olla eniten minun syytäni.

Opiskelun jälkeen etenin nopeasti urallani, perustin perheen, mutta elämä ei sillä saralla onnistunut ja se avioliitto päättyi eroon. Minulla meni lujaa ja unohdin olevani julkisen viranomaisen palveluksessa. Tilanne johti eturistiriitaan ja erosin 16 vuoden palvelun jälkeen virastani opetusministeriön hallinnonalaan kuuluvassa laitoksessa. Vältin siten erottamisen, mutta tapahtumakulun kerrannaisvaikutukset ulottuivat juuri tuon Eetvin saaren kallioiseen maaperään.

Saari oli kiinnitetty ja isä-Eetvi toimi tilanteessa kaiketi omasta mielestään oikein, mutta aiheutti niin tehdessään kaikkien velkojeni irtisanomisen tilanteessa, jossa minä olin jo lakkautuspalkalla. Pankki toisensa jälkeen vaati saataviaan. Ehkä asiat olisivat voineet hoitua toisellakin tavalla kuin silloin kävi. En tiedä.

Pahimmalta minusta tuntuu yhä se, millä tavoin serkkuni Kari Johannes käyttäytyi ja myös veljeni Arska oli minulle pieni pettymys. Ymmärrän jälkimmäisen kohdalla tilanteen eli ei siitä sen enempää. Onneksi minulla oli vaimo ja yhdessä me kestimme melkoisen tiukkojakin tilanteita. Kari Johannes puolestaan lähetti yhden kirjeen päivässä ja käytti kieltä, jota hän ei naamakkain olisi uskaltanut minulle sanoa. Hämmentävintä oli se, että hän jopa havitteli Eetvin saarta itselleen ja kieltäytyi uskomasta sitä, että minulla ei ollut mahdollisuutta maksaa kerralla velkojani. Taloutemme saaminen tasapainoon vei vuosia.

Kari-serkun kanssa paluuta entiseen ei ole.

Luulin aina, että perheen ja suvun tunneside on jotakin sellaista, mikä nousee esiin vaikeuksissa.

Isovanhempieni sukupolven kohdalla sillä tavoin toimittiin, sen näin ja koin omakohtaisesti. Minun maailmakuvaani supisti taas saarielämä aika tavalla, vaikka tajusin sen vasta aikuisiällä. Ymmärsin kyllä, että erkaantumista tapahtuu, kun jokainen tahollaan perustaa oman perheen ja se muodostuu ykkösasiaksi. Kuitenkin luulin, että verisiteet olisivat olleet vahvempia, kun jokin perheestä joutuu vaikeuksiin. Isä-Eetvi oli mies, joka auttoi aina muita. Se hänen kunniakseen on sanottava, mutta suhtautumisessaan saareensa hän unohti kaiken muun. Saari pelastui, mutta minä maksoin korkean hinnan, en rahassa, mutta henkisesti. Sitä on vaikea unohtaa.

Veljelleni Pasille myydyn saaren toisen puolen osti vähän myöhemmin Arska-veli. Minulta ei kysytty mitään. En ollut tosin kiinnostunutkaan, sillä vaimollani ja minulla riitti työtä uuden elämän luomisessa uudessa paikassa, poissa Jyväskylästä – kotikaupungistani.

Tätä tekstiä on vaikea kirjoittaa, koska en haluaisi, että läpi kuultaisi katkeruus. Se ei ole enää pitkään aikaan ollut ensisijaista. Surumielisyys lienee oikea sana kuvaamaan tunteitani juuri nyt. Vanhemmat ovat kuolleet ja Eetvin saari on lähes unohdettu. En ole käynyt siellä nytkään aikoihin, mutta joskus keväisin olen rannalta varmistanut, että mökki on vielä pystyssä. Äiti halusi usein sellaisen tiedon vielä vireämpänä ollessaan. Jos veljeni tämän joskus lukevat, toivon, että kiinnitätte tähän kohtaan erityisesti huomiota. Äiti-Eeva kantoi huolta saaresta niin kauan kuin hänellä oli kosketus ympärillä tapahtuvaan. Siinä on veljilleni kunniavelka.

Verikö vettä sakeampaa

ei ole

se on kuin haavanlehden havinaa

kalliosaaren keskellä

kukaan ei kuule

eikä edes välitä

3. LUKU

Eetvin saari oli yhden miehen saari. Me muut olimme vain oheistuote, jonka oikea elämä toi tullessaan. Olimme saareen sidottuja, mutta veljieni kärsimysvuosina logistiikan kehitys oli jo heidän puolellaan. Kun minä olin nuori poika, mentiin mökille linjapiilillä tai osuuskaupan auton lavalla. Ehkä kaikkein vaikein oli minun tilanteeni, kun jouduin tien varressa odottamaan postiautoa ja siihen noustuani selittämään, että mummoni on postilla töissä, jotta pääsisinkö pummilla. Sama kohtalo oli usein myös Kari Johanneksella. Taidettiin mennä useamman kerran kahdestaankin Muuramesta Jyväskylän suuntaan.

Postiauto nimittäin pysähtyi aina mummulan edessä. Mummu sai tulevan postin säkissä ja antoi lähtevän. Hän ja me pojat - silloin kun olimme paikalla

Mummulan vieressä oli poliisi Vuorisen talo ja sen edessä kioski, joka oli äiti-Eeval-la vuokralla yhden kesän. Suojellun pihapiirin päärakennus on tällä hetkellä aika huonossa kunnossa. Osuuskauppa ja koulurakennus sen sijaan voivat hyvin.

– autoimme jakelussa. Mukavaahan se oli ja kun sai viedä papalle tehtaalle evästä, oli olo suorastaan autuaallista. Mylly toimi tien varressa vielä alkuvuosina ja myllynkivet olivat mahtavat jauhaessaan. Joskus tuntuu, että ne ajat, jolloin olin mummulassa, olivat paljon antoisampia kuin jököttäminen saaressa. Näin ihmisiäkin ja kun yhden kesän olin töissä meille vuokratussa kioskissa, laitapuolen kulkijoita kömpi joen rannasta aamupilsenerille. Oman kylän miehiä. Ja joskus tai aika useinkin oli lähitalojen nättejä tyttöjä jäätelöä ostamassa, mutta minä olin niin riivatun ujo, etten osannut sanoa mitään. Se minua ottaa päähän vieläkin. Saaren mörkö.

Ujoudesta pääsin eroon pakosti. Ensin armeijan, sitten opiskelun ja lopullisesti työn kautta. Viraston johtajana ja sittemmin opettajana oli puhuttava. Opinkin ennen nopeasti, mutta siitä olen ikävä kyllä joutunut kauas. Nyt unohdan pikemmin kuin olen edes ehtinyt muistamaan. Se on aika omituinen tunne. Minä en pelkää dementiaa, mutta voi olla, jottei sekään pelkää minua niin paljon, että jättäisi minut listaltaan. Se on surullista.

Jos ei lasketa sydänongelmia ja polvien nivelrikkoa olen pysynyt suhteellisen hyvässä kunnossa. En pysty juurikaan juoksemaan, nopeat solut kuolivat vuosia sitten. Se on luultavasti normaalia, vaikka olen taipuvainen siirtämään vastuun melkein joka asiassa Eetvin saarelle. Se ei sano vastaan, ja nyt kun vanhempani ovat poistuneet tästä maailmasta, olen joskus pohdiskellut oikein toden teolla perintökaarta ja mahdollisia korjausliikkeitä saaren omistussuhteeseen ja remontin tarpeeseen. Nykyinen olotila on väärä, vaikka sitä, miten veljeni ovat omistustaan hoitaneet tai hoitamatta jättäneet, ei saa tekemättömäksi.

Itse asiassa uskoin ihan aidosti, että kun veljeni Pasi muutti takaisin Suomeen ja minä takaisin Jyväskylään, kumpikin monen kymmenen vuoden jälkeen, veljeni olisiva yhdessä ehdottaneet saaren palauttamista perikunnalle. Tai edes toinen eli Pasi olisi niin tehnyt.

Olin ajatellut aloittaessani edellä olevaa kirjoittavani laajemman ja syvällisemmän tekstin siitä, kuinka tuo Eetvin saari muokkasi luonnettani lähinnä negatiivisesti, jätti paljosta vaille, mutta huomasin yllättäen sen antaneenkin jotakin. Ehkä sellaista, mitä joka poika ei ole kokenut tai tule kokemaankaaan.

Pahinta oli erakoituminen ja sen mukana vaikeneminen. Minä en juurikaan asioistani puhunut ja veljieni kanssa yhteydenpito oli ja on ollut hyvin satunnaista. Perhettämme on aina estänyt puhumattomuuden pato. Vaikka vaikeneminen on kultaa, meillä ei tavoiteltu edes pistesijoja.

Kaikki muuttui äidin kuoltua tänä keväänä. Eetvin saari menetti viimeisen sen polven jäsenen ja minä olen ainoa perheestämme, joka on nähnyt saaristoorin alun ja pahasti pelkään, että kertomuksen loppukin on edessä. Rakennukset rappeutuvat eikä pakkilauta kestä ikuisesti. Kymmenen vuotta sitten olisi jotakin voinut tehdä, mutta nyt voi olla, ettei rakennuslupaakaan hevin annettaisi.

Eetvin saari tietysti on ja pysyykin, mutta sen käyttöaste kuihtuu. Arskan ja Pasin jälkikasvut eivät koe samaa kuin veljeni ja minä silloin joskus. Onneksi samaa pakkoa ei ole, mutta samalla paljon kaunista jää näkemättä, paljon tarinoita kuulematta, paljon ajatuksia viriämättä. Sääli.

Luulen, että tämä oli nyt tässä. En tiedä julkaisenko kirjoittamaani koskaan. Siitä loppui lento kuluneen vuoden aikana, mutta vaikka äiti-Eeva kuoli, me veljekset pääsimme perheinemme sen seurauksena lähemmäksi toisiamme kuin koskaan ennen. - Ainakin minun mielestäni.

Yrittää kirjoittaa vähästä paljon

on vaikeaa

jos kirjoittaa paljosta vähän

ei sekään ole helppoa

mutta kirjoittamisen ilosta

voi sanailla mitä vain

vaikka runonpätkiä

tahi proosalla jotakin lätkiä

4. LUKU

Koska olen jo kauan ollut vakuuttunut siitä, ettei minun elämäkertaani koskaan kirjoita kukaan, joudun jatkamaan tätä ainakin omaksi ilokseni. Olen vuosien mittaan luonut kuvaa itsestäni lähinnä itselleni erilaisilla teksteillä. Niiden ytimessä on tavalla tai toisella aina keikkunut Eetvin saari. Kirjallista vapautta olen käyttänyt tarvittaessa ja joskus muistanut jonkin asian toisin kuin oikeasti on tapahtunut. Ehkä vähän liioitellutkin.

Kahdesta dekkaristani ensimmäinen kulkee lapsuuteni ja nuoruuteni maisemissa kaupungissa ja maalla, toisessa liikutaan paikassa, jossa tein ehkä opettajaurani parhaan suoriutuksen ja kolmas – jos tulee valmiiksi – kuvaa aivan poikkeuksellista kaupunkimiljöötä ja toisaalta tuskallista oloa pois kotikaupungista. Viime mainittu asuinpaikka oli todella sellainen, että se ansaitsisi aivan oman kirjansa.

Runon olen yhteisöstä jo aikanaan kirjoittanut:

Ei mikään poikkeava katunäkymä, mutta asukkaiden yhteisöllisyys oli jotakin erikoislaatuista. Kuvan ajankohta 1970-luvun loppu.

Usko tai et

mutta tosi on satu

oli ja on

vain yksi Puikkarikatu

Lyhyt pätkä asfaltoitua pintaa

molemmin puolin asumukset

mutta et usko mitä ne ukset

takanaan pitävät

Ei löydy hintaa

kuinka ne itivät

pääomaa henkistä

loivat

joivatkin joskus

unelmoivat

Se oli silloin

se ei ole nyt

osa jo joukosta lähtenyt

lopullisesti

aikansa kesti

upea oli omakin pesti

Asukkaat ovat historia jo itsenänsä

uskomattomia elämänsä

Noissa kirjoissa on iso osa elämäni tarinaa. Runokirjani antaa sitten toisenlaisen näkökulman ja kirjoittamani urheiluseurahistoriat sekä pakinakokoelmani kertovat loput sieluni ja rapistuvan kehoni maisemasta. Näinkin voi siis elämäänsä kuvata. Minun ei tarvitse kertoa yksityiskohtaisesti, millainen olin koulussa tai yliopistossa. Eikä sitä missä olin , kun John F. Kennedy ammuttiin tai Berliinin muuri murtui. Muistan kylläkin itse. Mutta jos kaikesta kirjoittamastani eli noin 1000 sivusta poimisi elämäkertani, luulisin, että aivan kohtuullinen sivumäärä syntyisi.

Jotkut pystyvät aivan estottomasti ylistämään itseään kaikkien alojen asiantuntijana ja vieläpä uskovat ajatukseensa niin vahvasti, että uskovat muidenkin niin uskovan. Itse asiassa se on sallittua.

Kirjoittaminen on kuitenkin aika vaikea laji ja siksi haamukirjoittajia käytetään paljon. Minun tapauksessani haamua ei tarvitse, olen itse jo riittävän vanha esittämään sellaista. Toisaalta olisihan se mukavaa olla ollut vaikka se mies, joka tapasi Dingon. Vai olisiko?

Kuten yllä alkaa näkyä, tekstin luominen ahdistaa jo. Silloin on paras lopettaa. Tuleva syksy (2019) ja huomiseksi ennustettu viikon sateisin päivä vaikuttavat aivotoimintaan lamauttavasti. Eli kontrasti alkuviikon hellepäivään on liian iso kerralla hyväksyttäväksi.

Nyt teksti lipsahti hieman sivuun asiasta, mutta kirjoitin, kun kerran olin siihen ryhtynyt. Sitä paitsi yritän näin todistaa itselleni, että teen niin kuin aikanaan opetin. Eli sisällön voi luoda ensin ja sitten sille sopivan otsikon. Tässä tapauksessa se voisi olla: "Häivääkään en vaihtaisi pois."

* * *

Ne sateet tulivat ja menivät niin kuin aina ennenkin. Aika monena syksynä olen vaihtanut lomasta työhön. Pesäpallo joskus vuosia sitten vaihtui koripalloon näihin aikoihin. Nyt ei vaihdu mikään, ellei sellaiseksi lasketa katkenneen alahampaan tilalle laitettava kevytsiltaa. Ei kylläkään sellaista kuin suunnittelin joskus Eetvin saaresta mantereelle.

Silta oli kuitenkin yhtä mahdoton hanke kuin rakentaa lossin tapainen köysirata, jota voisi taljalla kevyesti vetää. Molemmissa tapauksissa pääoman ja muiden näköalattomuuden puute tuli vastaan. Niinpä minunkin oli tyydyttävä erilaisiin itse tehtyihin lauttoihin, joiden melominen oli hitaampaa kuin uiden.

Uiminen oli hyvin luonteva ja ekologinen liikkumistapa, jos halusi saaresta pois ja joskus ehkä takaisinkin. Veljistäni en oikeastaan tässä kohden tiedä mitään. Luulen, että minusta seuraava veli lopetti saarikesät 60-luvun lopulla ja nuorin veli viitisen vuotta myöhemmin. Toisin sanoen heidän saaren kasvamisjaksonsa oli paljon minua lyhyempi. Minä kun olin alusta alkaen mukana. Ehkä siinä on yksi ja varmasti painavin syy siihen, miten koen heidän menettelytapansa. Veljeni lisääntyivät minua runsaslukuisemmin. Minulla on yksi oma poika ja toinen vaimoni ensimmäisestä liitosta. Koen jälkimmäisenkin omakseni yhtä lailla. Asuimmehan samassa taloudessa noin 15 vuotta ja hänen nykyinen perheensä on minunkin perhettäni. Näin laskettuna lapsenlapsieni määrä on neljä. Pasilla taitaa olla seitsemän ja Arskalla kolme.

Saareen liittyy tässä kohden yksi sen pahimmista kipupisteistä. Minä nimittäin muistan luopuneeni oikeuksistani Eetvin saareen kirjallisesti, mutta sillä ehdolla, että molemmilla pojillani mahdollisine jälkeläisineen olisi nautintaoikeus saareen tasavertaisesti veljeni jälkikasvun kanssa.

Tätä paperia en ole äitini kuolinpesän asiakirjoista löytänyt enkä tiedä sen kohtalosta tai siitä, onko asiakirjaa veljilleni edes esitetty kaupanteon yhteydessä.

Vallinnut olotila on muodostunut pysyväksi vuosien mittaan, enkä minä halunnut tuoda sitä esille niin kauan kuin äiti eli. No, hän eli niin pitkään, ettei ongelmaa enää ole.

Veljeni Arskan tyttärille haluan tässä yhteydessä sanoa aivan pienen yksityiskohdan, joka kuvaa suhdettani saareen. Luin joskus ehkä lähes pari vuosikymmentä sitten, kuinka jompikumpi heistä ole kirjoittanut saarivihkoon "meidän ihanasta mökistämme" ja kesävietosta siellä. Vaikka siinä ei ollut mitään pahaa, minä voin tunnustaa, että minä silloinkin vähän salaa itkaisin. Ei edes kuulantyöntö mökin takana poistanut pahaa mieltä. Etenkään kun kuula ei lentänyt enää kuin puolet entisestä.

Uskoin, että äitini olisi joskus sanonut edes jotakin siitä, kuinka hänet painostettiin kirjoittamaan nimensä moneen paikkoihin vastoin tahtoaan. Myöskään Arska ja Pasi eivät omien sanojensa – äidin kertomaa - mukaan halunneet osallistua isä-Eetvin taisteluun saarestaan. Niin he kuitenkin tekivät, ja isä-Eetvi meni jopa niin pitkälle, että haki Pasin ensimmäiseltä vaimolta kirjallisen vakuutuksen, ettei tämä vaadi mitään saaresta. Isäpappa unohti kuitenkin lakiosuuden, joka ulottuu lapsenlapsiin eli tässä tapauksessa myös minun poikaani. Omistajaveljieni kohdalla perimys on tietysti selkeämpi.

Katkeruus on karvasta

mutta sen kestää

kateutta en ymmärrä

en ole siihen ehtinyt

on ollut muuta tekemistä

5. LUKU

Olin 20 vuotta pois kotikaupungistani, mutta täytyy uudelleen sanoa, että joka kevät – vaikka kuin yritin torjua – ajatukseni kohdistuivat väkisinkin tuohon saareen Muuratvedellä. Koska toistan sen näköjään joka toisessa luvussa, niin on täytynyt olla.

Mutta juuri nyt tätä kirjoittaessani on jollakin tavalla helpottavaa vain muistella ja itse asiassa tunnustaa se tosiseikka, että on kauniit muistot tuosta pienestä kalliosaaresta tai oikeastaan vain sen puolikkaasta. Toisen puolen osti aikanaan isä-Eetvin työkaveri, rakensi saunan ja möi sitten paikan eteenpäin. Seuraava omistaja on vähitellen tehnyt omasta osastaan saarta todellisen mallihuvilan. Näin minulle on kerrottu.

Äidin eli viimeisen sen sukupolven edustajan kuolema lähensi hetkellisesti meitä veljeksiä, mutta nähtäväksi jää sen pysyvyys. Luulen, että monen vuosikymmenen traumat eivät koskaan poistu mielestä. Veljeni ovat olleet eri mieltä keskenään koko ajan, koska heidän elämänkulkunsa on ollut hyvin toisistaaan poikeava ja niiden yhteen sovittaminen mahdotonta. Minä puolestani jouduin omasta syystäni tässä kohdin sivuraiteelle ja toisaalta on hyvä siellä pysyäkin. Juuri nyt minun on vaikea uskoa, että veljeni pystyisivät yhteistyöhön vanhan mökkimiljöön pelastamiseksi. Se voi olla jopa liian myöhäistä.

Joskus vuosia sitten piirtelin pienen uudistusehdotuksen paperille ja kyselin jopa kunnan rakennusvalvonnasta siihen lupaa. Tuolloin se olisi onnistunut, mutta nyt mikään uudisrakennus ei ole mahdollinen. Vanhaa voi toki korjata, mutta jospa se onkin korjauskelvoton. Kesämökki ilman takkaa ja saunaa on vain kokoelma rähjäisiä rakennuksia kallellaan kalliolla. Siltä se valitettavasti näyttää.

Maatuva rakennuskanta on suora seuraus veljesten erilaisesta näkemyksestä. Arska on ilmeisesti tavattoman epäluuloinen kaikesta eikä halua tehdä mitään, missä hän mahdollisesti joutuisi tekemään ratkaisuja, joista muutkin pääsisivät osallisiksi. Pasilla on rennompi ote. Hän suorittaisi mielellään omilla käsillään uudistuksia, mutta ei ole rahallisesti pystynyt, ellei sitten nyt.

Saari oli aina koko suvun yhteinen kesäpaikka. Jossakin vaiheessa Arska oli siellä perheineen paljon, mutta nyt Pasin palattua Suomeen hän on tainnut oleilla siellä vaimonsa kanssa eniten.

Vaikea rantautuminen ja hankala maasto tuntunee vasta iän myötä.. Mutta ennen kaikkea edellä mainitsemani auringonvalon puute. Vuosia sitten kävimme siellä muutaman kerran ja ehkä jokin saattoi sisälläni sykähtää vielä silloin. Tai oikeastaan niin on käynyt, koska en muuten olisi ryhtynyt kirjoittamaan edellä olevaa enkä mahdollisesti jäljempänä tulevaa.

Arska ja Pasi ovat luoneet itselleen uran ja samalla tulleet muokanneeksi oman perheyhteisönsä sellaiseksi, ettei vanha ydinperhe merkitse heille juurikaan mitään. Itse asiassa niin on käynyt minunkin kohdallani. Eetvin saari ei kantanutkaan niin pitkälle kuin sen perustajat alun perin arvelivat ja tarkoittivat. Saari herättää kyllä tunteita, mutta ne ovat jo enempi negatiivisia. Äiti-Eevan hautajaisten aikaan muutamaa sanaa lukuun ottamatta en ole puhunut Arska-veljeni kanssa edes puhelimessa. Hän kommunikoi vain sähköpostitse. Siihen on varmaankin kuuloon liittyvä syy, mikä on tietysti ikävää, sillä moni asia tulisi puhelimessa kerralla ymmärretyksi puolin ja toisin. Tapahtui väärinymmärryksiä hyvin vähäpätöisissä kysymyksissä, ja tunnelma oli kaiken aikaa varautunut. Vaikka meillä on suruaika, ei meidän tarvitsisi koko ajan lisätä sitä tunnetta. Kummallisinta on se, että olemme molemmat todistetusti huumorintajuisia, mutta nykyisin pidämme toisiamme pikkuisieluisina tosikkoina.

Vaikka muutama yksityiskohta veljeni Arin asenteista tai ajattelutavasta on jäänyt minua kaivelemaan, ei niillä enää ole merkitystä. Ne olivat vähäisiä asioita ja tuntuvat jo nyt aivan turhilta. Voi olla, että vika on minussa.

Tämä kirjoitelma on kuitenkin minun luomukseni, joten voin kirjoittaa niin kuin ajattelen nyt tai ajattelin joskus. Minun on suoraan sanoen välistä hyvin vaikea suhtautua objektiivisesti Ari-veljeeni kai siksi, että hän on veljeni. Tunne lienee molemminpuolinen. En tarkoita mielipiteelläni mitään sen kummempaa.

Edellä olevassa pääsin lähelle sitä, mitä ajan takaa tällä kirjoittamisella. Yksittäiset, pienet tapahtumat tuottavat pahan mielen ja monta pientä yhdessä tekee niistä ison. Elämässä mennään yleensä preesensissä, mutta joinakin hetkinä myös muissa aikamuodoissa.

Huomaan muuten toistavani jo sitäkin, että olen toistanut jonkin asian. Mutta ehkäpä sen kertominen on minulle niin tärkeää.

Valkeat olivat alkukesän yöt

kuutamonkeltaisia kesän viimeiset

ajatus lensi avaruuteen

jumaliste

mitä kuuluikaan nuoruuteen

6. LUKU

Kun aloitin edellä olevan tekstin kirjoittamisen, oli tarkoitukseni keksiä jotakin, mikä selittäisi alkuperäisen ydinperheemme erkaantumisen toisistaan. Olen lähes kateellinen, kun seuraan, miten jo monesti mainittujen serkkujeni yhteydet toimivat. Sama piirre on myös äidin suvun puolella. Minulla ja myös veljilläni oli hyvin läheiset suhteet serkkuihin. Ehkä se oli ajan tapakin, mutta olisin toivonut, että meidän lapsemme jossakin muodossa pitäisivät yhteyttä, vaikka me veljekset emme niin tee. Hautajaiset eivät ehkä ole ihan paras tapa kohdata. Silloin joku aina puuttuu lopullisesti.

Jos palaa aivan Eetvin saaren alkuvuosiin, jolloin minä olin ainut lapsi, vanhempani olivat nuoria ja jopa äiti-Eeva sopeutumiskykyinen, ulospäin. Todellisuudessa näin ei ollut. Anoppi ja Eetvin suku olivat liian lähellä ja sikäli kuin oikein jo pikkupoikana ymmärsin, miniä ei ollut se, joka se olisi pitänyt olla.

Toinen asia oli isä-Eetvin itsekkyys. Kaikki oli hänen ja kaikki saareen liittyvä tehtiin vain ja ainoastaan hänen ehdoillaan. Se ei ollut minulle ensimmäisen 10 vuoden aikana ongelma, sillä ensimmäiset takaiskut koin vasta, kun en saanut mennä Lyseoon. Nuorin veljeni oli syntynyt keväällä 1955, joten ei ollut lukukausimaksuihin varaa. Näin minulle kerrottiin.

Sitä paitsi Jyväskylän Lyseo oli porvareiden koulu eikä sopinut niin ollen minulle. Tein kotona kovan asennemuokkauksen myöhemmin, että sain veljeni sinne. He eivät taida edes tietää sitä. Myös serkkumme Kari Johannes kävi Lyseon.

Isä-Eetvi ei arvostanut koulunkäyntiä, koska oli aloittanut 15-vuotiaana työnteon silloisen työväen osuusliikkeen palveluksessa ja siinä yleni vähitellen. Minun kohdallani se merkitsi taistelua kahdella rintamalla: Sanoin jo varhain, että jatkan lukiosta yliopistoon. Niin tein ja avasin polun veljilleni. Saattaa olla, että serkkupoika Karillekin.

Urheiluseuran valinta oli vielä kiperämpi kysymys. Minulla oli pelikavereita sekä TUL:n että porvariseurojen puolella. Pelasin pesä- ja koripalloa virallisesti ensin mainitun liiton seurassa, mutta salaa muissa seuroissa, kunnes vuonna 1960 sanoin kotona, että olen nyt nuorisoseuran urheilijoiden mies. Ehkä olin lahjakkaampi kuin itsekään uskoin, sillä TUL:n urheilun nokkamiehiä kävi meillä kotona useamman kerran taivuttelemassa minua palaamaan sinne, mihin heidän mielestään kuulun.

En palannut enkä myöskään mennyt paikalliseen kauppaopistoon, johon isä-Eetvi yritti minua työntää. Minä en nimittäin halunnut osuuskauppa-alalle, vaan voimistelunopettajaksi, kuten jo olen edellä kertonut. Osuuskauppahenkeä kuitenkin kunnioitan yhä ja olen onnellinen, etteivät isäni ja setäni Paavo nähneet heille elintärkeän E-liikkeen alasajoa. Opettajan ura toteutui, mutta pitkän korpivaelluksen jälkeen. Ehkä ansaitsin kuitenkin ne mukavat opettajavuodet ennen eläkettä. Opetin äidinkieltä ja pienessä koulussa paljon muutakin, jopa sitä liikuntaa muutaman vuoden. Huomasin hieman hämmentyneenä, ettei liikunnanopetus sittenkään olisi ollut minun lajini. Liian intohimoinen oma suhtautuminen kaiken osaamiseen ja opetettavien osaamattomuutteen tai kiinnostuksen puutteeseen olivat huono kombinaatio.

Ei ollut vielä televisiota Jyväskylässä, mutta ihan kuin minun koulussa tekemäni sohvapöytä.

Saaresta pääsin eroon suurin piirtein armeijan käytyäni, mutta sitä, miten pystyin selviytymään lukiosta, en ymmärrä vieläkään. Asuimme siinä 50 neliömetrin kaksiossa ja minulla oli työtaso makuuhuoneessa, jossa nukkuivat isäni ja veljeni. Äiti-Eeva valloitti yksin olohuoneen.

Opiskeluaika sujui paremmin, koska pystyin lukemaan päivällä veljieni käydessä vielä koulua. Yliopistolla tosin sain kuulla siitä, etten käynyt koskaan luennoilla, vaan joku muu kopioi minulle tiedot. - Siitä muuten saan kuulla kotona joskus vieläkin.

Tätä on vaikea kirjoittaa, koska on pakko myöntää, että isä-Eetvillä oli hyvin rajoittunut tunnevainu. Hän ei tajunnut äidin luonnetta tai luulen, ettei edes yrittänyt. Se oman ympyrän kehä oli liian paksu rikottavaksi. Oli vain saari, saari ja sitten vielä saari.

Yhtä lailla isälle oli vieras se ajatus, että joku hänen lapsistaan, ensiksi tietysti minä, saattaisi olla jotenkin tyytymätön kesänviettoon omassa saaressa. Äidiltä hän ei edes kysynyt sitä niin kuin ei meiltä muiltakaan.

Joka tapauksessa pääsin tai jouduin urallani fyysisestiikin aika kauas saaresta. Mitä sen jälkeen oikeasti tapahtui, on minulle hieman epäselvä asia.

Suurin osa tietämyksestäni on juuri edesmenneen äidin informaatiota ja jotakin olen kuullut Pasi-veljeltäni. Toinen veli ei katso saaren asioiden kuuluvan minulle millään tavoin. Voi olla, että hän on oikeassa. - Mutta eikö Vesalan (=tilan nimi) alkuperäinen lähtökohta ollut, että sen perivät ja sitä käyttävät kolme poikaa tasavertaisesti.

Outoa ajatella

yrittää muistella

loukkaamatta

unohtamatta

ollutta ja olevaa

7. LUKU

Veljeni Ari Osmo August, jota Arskaksi kutsun, on minulle arvoitus ja ongelma yhtäaikaa. Minä en oikein koskaan oppinut tuntemaan häntä, koska hän oli ja on juuri sen verran nuorempi, ettemme sattuneet yksiin missään vaiheessa koulunkäyntiä tai nuoruuttakaan. Olin jo aikuinen ja naimisissa, kun hän pääsi ylioppilaaksi. Oli Arska minulla kyllä yhtenä kesänä töissä ja minä hänen häissään bestmanina, mutta muuten suhde jäi aika valjuksi tai jotenkin väljäksi. Eli me vain olimme veljeksiä.

Muistan kyllä, kun Arska muutaman vuoden ikäisenä putosi järveen, koska oli tunkenut mukaan verkoille ja isän syliin. Isä nappasi kuitenkin hänen jalastaaan kiinni ja poika vain kastui, mutta säikähti. Minä sompailin airoissa kuten tavallista. Senkin muistan, että Arska oli kova kaatuilemaan, mikä tuli jo aiemmin mainittua. Mutta sitä en suostu muistamaan, että väänsin hänen olkapäänsä irti kuopasta, vaikka hän niin väittää. Ehkä se kuitenkin oli alitajuinen kosto siitä, että hävisin hänelle kerran sulkapallossa, kun olin vähän liian ylimielinen.

Opetin Arskalle myös mäenlaskua yhtenä vuonna ja luultavasti samana talvena usutin hänet pelaamaan pihakiekkoa kadulle raappahousut jalassa. Väitin, ettei kukaan siellä puolipimeässä huomaa. Pian selvisi, että kyllä vain huomasi. En tiedä, miksi hänellä ei ollut päällyshousuja. Olimmeko niin ahtaalla? - Arska pelasi jääkiekkoa sittemmin ja aika hyvinkin, kunnes sai iskun etuhampaisiinsa. Pelihommat loppuivat siihen, vaikka muistan, että lahjoja hänellä olisi ollut.

Housujen kohdalla Arska osoitti myöhemmin huomattavaa disainarin kykyjä. Kaverinsa kanssa hän teki yhdessä kehitysvaiheessaan jonkinlaisia pilli- tai pellehousuja niin kuin minä väitin. Housut taisivat olla kertakäyttöisiä, koska pojat leikkasivat kaiket vapaa-ajat keittiömme pöydällä kankaita itse tekemiensä kaavojen mukaan ja ompelivat niistä pöksyt saman tien yhteen. Sitten jalkaan ja menoksi. Taisin olla silloin lähes viimeisiä aikoja lapsuudenkodissani ja saatoin vähän irvaillakin poikien tuotantoa.

Veljeni opiskeli nopeasti niin kuin minäkin ja hänelle tarjoutui sen seurauksena akateeminen ura. Hän käytti tilaisuuden toisin kuin minä, joka lähdin virkamieheksi jo ennen valmistumistani ja jäin sille, aluksi hyvin menestyksekkäälle polulle.

Meidän kolmen veljeksen suhde oli silloin aika normaali, mutta se Eetvin saari sai paljon aikaan. Kuten edellä jo monta kertaa totesin, saaren myynti yhdelle veljelle ja muutama vuosi myöhemmin jako toisen kanssa, oli ratkaisu, joka nousi lopullisesti vanhan ydinperheen jakajaksi.

Ehkä Ari-veljeni virkamiesmäinen ote äidin sairauden aikana oli aika raskasta meille muille. Surusta ei sanallakaan puhuttu, vain asiat kirjoitettiin. Arskan viimeisin äidin tilaa koskeva ilmaus "kyllä se siitä", elää ikävänä mielessäni niin kauan kuin minäkin. - Nyt myöhemmin ymmärrän, että Arska niin kuin minäkin peitimme tunteemme väistämättömästä tulemasta äidin kohdalla.

Veljeni tapa pysyä tiiviisti vain omissa ympyröissään tuntuu vaikealta käsittää. Hän on kieltämättä onnistunut elämässään hyvin ja tasapainoisesti, mutta kaksi asiaa häneltä on unohtunut: välitön veljellinen huumori ja elämän avoimuus. Niitä ilman ainakin minun olisi vaikea olla. Johonkin tai joihinkin on voitava luottaa, ei epäillä aina pahinta kuten edesmennyt äitimme valitettavasti teki.

Minä en kirjoita tätä pahuuttani, vaan koska olen jälleen kerran jollakin tapaa pahoilla mielin. Äidinkään kuolema ei vastoin luuloani saanut Arskaa vapautumaan itse luomastaan sovinnaisesta roolista. Akateemisuus on upea renki, mutta huono isäntä.

Parhaiten suhteestamme kertoo se, että olin aikanaan vuoden Vaasan lyseon lukion äidinkielen lehtorina eli lähietäisyydellä veljestäni, mutta emme tavanneet sinä aikana kertaakaan. Vaasa oli ja on edelleen Arskan perheen kotikaupunki. Tänä päivänä kadun sitä, etten tuolloin yrittänyt tavata edes hänen lapsiaan, olenhan sentään heidän setänsä ja verisukua. Nyt näin heidät jo aikuisina ja perheellisinä hautajaisissa, joka näyttää aina olevan edelleen ainoa sukumme perhejuhla(!).

Veljeni Pasi

joka kolmannen nimensä kirjoittaa

tuplaeellä

on kirja

jota en koskaan

saa loppuun luetuksi

8. LUKU

Pasi Teuvo Eerik kuten hän koko nimensä kirjoittaa on aivan eri puusta veistetty kuin Arska. Tai pitäisikö sanoa, että minä olen molempien veljieni summa. Älynlahjat meillä lienevät samat, ehkä Pasi on herkempi ja Arska tarkempi. Mutta saari on minulla monin verroin enemmän veressä kuin heillä. Nuorimmalla on aina kovat paineet, jos niin on vanhimmallakin. Pasi onnistui kuitenkin loppujen lopuksi valitsemallaan tiellä hyvin. Monta mutkaa oli matkalla, vuosikymmeniä Hollannissa ja sitten paluu koto-Suomeen, jonne hän omien sanojensa mukaan koko ajan kaipasi. Meinasin jopa kirjoittaa, että joka hetki, mutta luulen, että se olisi ollut liioittelua. Olivat siteet sinne niin vankat.

Pasilla ja minulla on ikäeroa 11 vuotta, joten jouduin jokseenkin ilman reunaehtoja jahtaamaan häntä päivittäin. Reunaehdot tarkoittavat tässä kohdin sitä, etten koulusta tultuani koskaan tiennyt, missä Pasi oli. Hänen reittiensä reuna oli rajaton. Muutaman vuoden vanhana hän pystyi häipymään näköpiiristä , milloin ratapihalle, milloin linja-autovarikolle ja kerran melkein sirkukseen. Nykyisin sellainen tapaus ei kulkisi ilman gps-tunnistetta. Minulla ei ollut käytössä muuta kuin nopeat jalat ja kova kunto. Äidistä ei juuri ollut apua, koska hän ei tuntenut niitä kulmia samalla tavoin kuin minä.

Yhden kerran Pasilla oli senttiä vaille hengenmeno. Auto pyyhkäisi häneltä nenän alta naaman auki. Syy ei ollut autoilijan, koska Pasi ryntäsi suin päin uuden nelostien yli lähdettyään etsimään mummulan lähirannassa pyykillä ollutta äitiä. Näin minulle kerrottiin. Olin silloin serkkujeni luona Orivedellä. Tuskinpa olisin arvannut estää sattumusta, vaikka olisin ollut paikalla. Pasi toipui nopeasti, mutta en ole koskaan kysynyt, muistaako hän siitä mitään. Mutta minä muistan sen, kun pääsin tapaamaan sairaalaan häntä. - Jälki oli silloin paha.

Toinen kerta, josta en ole lainkaan ylpeä, oli Pasin kyydittäminen Simson-mopedin tarakalla. Kotikatumme ei ollut vielä päällystetty, ja Pasilla vähän liian rento ote minusta, kun ajoin johonkin möykkyyn tai monttuun. Tunsin Pasin otteen irtoavan, vilkaisin taakse ja näin kuinka veljeni teki voltin ilmassa ja putosi pää edellä suoraan kadulle. En muista, että isä-Eetvi olisi koskaan liikkunut niin rivakasti kuin silloin. Hän sattui näkemään tapahtuman 7. kerroksen parvekkeelta ja oli hetkessä alhaalla kadulla. Ei tainnut hissiä ehtiä käyttämään. - Onni oli kuinkin puolellamme, Pasilla oli kestävä pää ja notkea niska, minulla kädet rukoiluristissä pitkän aikaa tapahtuman jälkeen.

Koska minulle urheilu oli aina iso osa elämää, odotin sitä ehkä veljiltänikin. Pasi sai ainakin virikkeitä, sillä lukemattomat olivat ne kerrat, kun työnsin häntä rattaissa loppumatkan tiukkaa ylämäkeä kohti Harjun urheilukenttää, jossa viihdyin tunteja ja siinä ohessa vahdin veljeäni, koska niin minun piti tehdä. Se oli minun osani sillä hetkellä ja vanhimpana veljenä myös monta muuta asiaa kuului toimenkuvaani.

Luulenpa, etteivät veljeni ihan aina tajunneet minun vastuitani. Pasi paremminkin tajuaa sen, mutta Arska on varmasti haudannut muiston sinne jonnekin, mihin ilmeisesti monta muutakin tunnetta ja tuntemusta on päätynyt. Minä yritän siitä huolimatta puolustaa taas kerran perusteesiäni, jonka joku on ensimmäisen kerran sanonut jo aika päiviä sitten: "Ilman menneisyyden tuntemista (muistamista), ei voi ymmärtää nykyaikaa."

Esimerkkinä voisi sanoa vaikkapa lampaanpapanat, joita oli saaren kalliot ja kolot täynnä. Paikan alkuperäinen omistaja uitti lampaansa kesäksi sinne ennen meidän aikaamme ja muistaakseni aluksi vielä silloinkin. Lampaat jättivät jätöksensä ja muutoin söivät samaan hintaan kaiken puhtaaksi.

Siinä oli kaupunkilaispoika jo lähellä maalaismaisemaa 1950-luvun taitteessa.

Pasin yksi luonteenpiirre on muuten uteliaisuus. Se varmasti on osa hänen vauhtiaan. Joskus tuntuu, että hän muistaa asioita minun lapsuudestani paremmin kuin minä, vaikka on niin paljon minua nuorempi. Asuimme Mattilankadulla, kun hän syntyi upouudessa keskussairaalassa. Aivan heti hänkään ei pystynyt karkaamaan, mutta pari vuotta myöhemmin Vapaudenkadulle muuton jälkeen hän pääsi isossa talossa ja isossa pihassa paremmin käyttämään lahjojaan. Se tarkoitti häipymistä äiti-Eevan näköpiiristä.

Edellä kirjoitettu on tietysti otos ja kaiken kaikkiaaan vain hipaisu siihen kaikkeen, mikä liittyi perheemme elämään. Voisin kertoa yleislakosta, tulirokkoepidemiasta, aasialaisesta ja monesta muusta 1950-luvun tapahtumasta tai vitsauksesta. Ehkäpä Eetvin saari oli minulle silloin parempi kuin veljilleni. Varsinkin Pasi tuntui suorastaan tarttuvan kaikkiin sairauksiin, muihn se vain tarttui. Arska oli siinäkin tasainen.

Korjaamatonta ei voi korjata

aika loppuu

yksi kalliosaari sinne tai tänne

niitä riittää

tai kuten vanha sanonta kertoo

sana sanoja siittää

9. LUKU

Jotenkin minusta tuntuu, että Eetvin saaren historia lähestyy yhä nopeammin loppuaan tätä naputellessani. Olen kirjoitellut kaikenlaista, jos jonkinlaiseen sävyyn, mutta tarkoitukseni on ollut hyvä. Yritän herättää erityisesti veljissäni sitä intohimoa, mikä isä-Eetvillä oli saareensa. Se ahdisti aikanaan meitä kaikkia. Silti jokainen meistä lapsista on saanut kokea myös paljon positiivisia elämyksiä.

Kuten olen edellä jo useasti korostanut, äiti-Eevakin oli viimeisinä vuosinaan hyvin kiinnostunut saaren oloista ja oleskeluista. Minä kävin hänen pyynnöstään joka kevät ja syksy tarkistamassa, ettei tuuli tai jää ollut vienyt saunaa tai lumi romahduttanut mökin kattoa. Jompikumpi tulee tapahtumaan tai sitten vanhat koivut rojahtavat lahouttaan rakennusten päälle.

Nyt koivut pitäisi kaataa jo pelkästään sen vuoksi, että ne varjostavat koko pihapiirin. Aurinko ei pysty kuivattamaan mökkiä niin kuin sen pitäisi tehdä ja sen muinoin teki. Minä tiedän niin kuin muutkin perheessä, että äiti-Eeva halusi aina olla jollakin tapaa piilossa, tässä tapauksessa varjossa tai sisällä kuten hän.

Suunnitelmista korjata paikat olen kuullut jo vuosia, mutta mitään ei ole tapahtunut. Arskalla ja Pasilla on kummallakin jälkikasvua sen verran, että jotakin pitäisi saada aikaan. Mökin ja palstan rahallinen arvo lienee tänä päivänä satasissa, mutta käyttöarvo nousisi pienelläkin tarmokkuudella ja satsauksella huomattavasti. Suku ja Muurame voisi taas puhua Eetvin saaresta. Nimityksen paikalle lanseerasi aikanaan isänäiti Elli (Hilma Elina) ja se jäi elämään, vaikka rakkaalla lapsella oli muitakin nimiä kuten Vesala, Eepin saari ja Pasko tai yleisimmin vain Saari. En tiedä, mikä niistä äidille oli mieluisin. Aluksi hän taisi kuitenkin vihata eniten Muuramea ja saari tuli vasta toisena, mutta hänen mielensä muuttui iän myötä. Aika kultasi tai ainakin hopeoi muistot.

Vaimoni Ulla on se henkilö, joka parhaiten tunsi äiti-Eevan mielen ja liikkeet viimeisinä vuosina. Minun tietämykseni on niin ollen välillistä, mutta siitä olen varma, että äiti ei halunnut Eetvin saaren tarinalle lahoa loppua. - Nyt ehkä jankutan samaa asiaa, mutta näin se on.

Tätä kirjoitellessani toimitin samanaikaisesti kirjan "Unohdetut pölkkypäät." Sen päähenkilö, itse kirjoittaja, jäi orvoksi alakoululaisena, otettiin huostaan ja sijoitettiin koulukotiin, kun isoäiti ei enää jaksanut pitää levotonta poikaa kurissa. Kuinka ollakaan koulukoti oli s a a r e s s a jossakin Varsinais-Suomessa. En viitsi sanoa sijaintia tarkemmin.

Jos olen kertonut negatiivisesti meidän saarielämästämme ja Pasi-veljeni kuvannut sitä jopa painajaismaiseksi, perun ne sanat. Me olimme tavallaan saareen sidottuja, mutta kaukana siitä ympäristöstä, missä nuo edellä mainitun koulukodin asukit joutuivat nuoruutensa elämään. Kaikki heistä siitä eivät selvinneet, mutta paljon kuvannee olotilaa se, että armeijaan sieltä pyrittiin heti kuin se oli mahdollista. Karkaamisyritykset olivat jokapäiväisiä, mutta epäonnistuivat lähes aina.

Minä muistan, että joskus meitä lapsia peloteltiin kasvatuslaitokseen lähettämisellä, mutta siitä todellisuudesta ainakin minä tiesin oikeastaan vain sen, mikä koulussa luettiin Ollin oppivuodet- ja Tottisalmen perillinen- kirjoista. Eli kaikki loppui aina onnellisesti. Jörö-Jukan kohtalosta en ole kylläkään aivan varma.

Kävin joskus omissa työasioissa parissakin koulukodissa Keski-Suomessa. Kirja, josta edellä kerroin, vahvisti todeksi esimerkiksi sen, millaisia eristyskäytäntöjä noissa laitoksissa todella oli.

Ja jos oikein ymmärsin, niitä oli vielä pitkälti 1960- ja 1970- luvuillakin toiminnassa. Se ei ole kuitenkaan toimittamassani kirjassa ja meidän sukumme kohdalla tärkeä pointti. Se on vain se saari, joka sitoo asiat yhteen.

Hyvää meidän veljellisessä elämässämme oli se, että me saimme käydä koulua niin paljon kuin halusimme. Minun kohdallani tosin isä-Eetvi yritti saada minut kiinnostumaan omasta alastaan, mutta hän laski väärin. Minusta tuli humanisti – Pasin mukaan olin romantikko - kaiketi siksi, että sain, ehdin ja itse asiassa halusin lukea paljon jo pikkupoikana. Veljeni pääsivät ehkä helpommalla, kun olin tehnyt pohjatyön, mutta jostakin syystä Arskasta tuli arrogantti teknokraatti ja Pasista empaattinen monialamystikko.

Luulen kaikesta huolimatta., että pohjalta olemme kuitenkin samanlaisia. Meitä ei juurikaan kasvatettu, mutta hyvin eristettiin. Vasta nyt olen huomannut, että minun alitajuntaani on ujutettu tai syötetty sosialidemokratia, koska huomaan puolustavani demarivetoista (Rinne, Marin) hallitusta, vaikka olen ollut kokoomuksen edustajana ylioppilaskunnan edustajistossa. Arskan tai Pasin poliittisesta suunnasta minulla ei ole aavistustakaan.

Mutta oli miten oli, me veljet vain lähdimme eri suuntiin, kun kunkin aika tuli.

Tavallinen kertomus

tavallinen suku

yllään tänään

sivistyksen puku

känsiä näkee vain kuvassa

ei ole rukkia tuvassa

kaikki on mennyt

ilmastoksi

vielä Aaku-papalle elämänleipää

tehtaalla toi koksi

10. LUKU

Koska olen melko varma siitä, ettei tämä kronikka koskaan saavuta laajempaa julkisuutta, pohdiskelen vähän sukujuuriamme. Olin joskus sukututkimuksen ammattilainen, vaikka alan nykyteknologia on minulle aika vierasta. Kuitenkin minulla oli mahdollisuus käyttää jopa alkuperäisiä asiakirjoja. Nythän niin ei voi tehdä.

Vanhojen kirkollisten asiakirjojen tulkitsemisessa on vaaransa, niinpä minäkin joudun sekä isä-Eetvin että äiti-Eevan sukuselvitysten kohdalla käyttämään todennäköisintä vaihtoehtoa tai peräti intuitiota.

Eerik Matinpoika (Eric Matsson) ilmestyi vävyksi Korpilahden Hurttian Salmelan taloon 1800-luvun alussa. Hän oli syntynyt joko 1778 tai 1780. Molemmat luvut löytyvät kirkonkirjoista. Luultavasti ensiksi mainittu päivämäärineen on oikea. Nimittäin jos niin ei ole, kuka tuo mies sitten oli.

Eerikin isä on epäilemättä Matti, mutta mikä Matti ja missä. Kirkonkirjat ovat tuhoutuneet juuri tuolta ajalta. Kerrotaan, että pappilan vene kaatui, kun asiakirjoja oltiin siirtämässä Korpilahden vespuolelta maapuolelle. Suuri osa rippi- ja muista kirjoista katosi silloin.

Henkikirjojen ja veroluetteloiden käyttäminen on tässä tapauksessa vaistonvaraista, mutta luulen, että Eerik oli lähtöisin jostakin vespuolen talosta ja tuli maapuolelle vävyksi suhteellisen vauraalle tilalle, joka oli isommasta kantatilasta lohkottu. Talon mukaan sukunimi sittemmin usein määriytyi. Luulenpa niinkin, ettei vävyä otettu ihan ensimmäisestä renkipojasta, joka tupaan tuli.

Eerik tai Eerikki kuitenkin isännöi tilaa oman aikansa. Hänen jälkeläisensä hallintaa kesti kolme seuraavaa sukupolvea, kunnes isäntä eli Aakun isoisä hoiti omistuksiaan siihen malliin, että tila meni ja pesä levisi maailmalle.

Aakun isä, Juho, ajautui Muurameen Saarenkylään torppariksi ja teki liudan lapsia. En muista tai oikeastaan tiedä montako, mutta ainakin kolme heistä minä Aakun pojanpoikana ehdin tavata. Kaksi sisaruksista asui Muuramessa ja kuului 1950-luvulla Eetvin saaren vakiovieraisiin. Tiukkoja demareita kaikki.

Aika tyypillinen säätykierto, joka veljieni ja minun kohdalla johti tilanteeseen, missä nyt olemme. Kaupunkilaisina Jyväskylässä, Vaasassa ja Helsingissä.

Sanoin joskus nuorena, että sukumme pääsi 500 vuodessa Suur-Jämsästä Korpilahden ja Muuramen kautta Jyväskylään, jotta näinköhän minä jatkan pohjoista kohti Äänekoskelle. Niinhän siinä kävi, mutta palasin 20 vuoden kuluttua takaisin.

Isoäitini äidin puolelta syntyi nykyisen Kinnulan, silloisen Kivijärven Jääkylässä torppaan toisena kaksoistytöistä. Minun syntymäpitäjääni sieltä ei ollut pitkäkään matka. Sinne isoätini asettui aikanaan ja avioitui ainakin kolme kertaa. Yksi aviomiehistä oli räätäli Otto Nestori Niemonen, jonka isä Johan Fredrik (s.1863)käytti myös sukunimeä Heiniemi. Otto oli nähtävästi meidän kolmen, Arskan, Pasin ja minun, isoisä. Aivan varma en viime sanotusta ole, sillä Otto-vaari lähti siirtolaiseksi Kanadaan ennen äitini syntymää, joidenkin asiakirjojen mukaan jopa vähän liian aikaisin eli reilusti yli 9 kuukautta. En tiedä, kannattaako asiaa sen enempää tutkia. Se ei muuta mitään eikä hyödytä ketään.

Keskipohjalainen kyläyhteisö oli 1800-luvun lopulla ja seuraavan vuosisa-

Sukumme Muuramen haaran ydin vuonna 1963.

Äiti-Eeva sisaruksineen. Edessä Sulo ja takana (vas.) Eeva, Lyyli, Ilmi ja Tyyne.
Tyyne oli tyttäristä vanhin ja piti huolta nuoremmista, niin kerrottiin. Nykyisin
Sulon tyttäristä Terttu on samaluontoinen.
Äidin puolen serkkuja Salmisen veljeksillä on varmaankin toistakymmentä, ellei
enemmänkin. Yhteydet ovat olleet aika vähäiset. Ikävä sanoa.

dan alussa hyvin muuttuvaa ja muuttavaa seutua. Köyhyyttä oli joka toisessa savussa ja lähtö tai pako – mikä milloinkin - kohti parempaa elämää Ameriikassa oli yksi mahdollisuus. Tarpeeksi kauas kun meni, saattoi jotakin pientä, kuten esimerkiksi perhe, unohtua entiseen kotimaahan. Liekö Otolle kävi niin tai sitten ei.

Meidän kolmen veljeksen suku on siis juurevan hämäläisveren ja juurettoman pohjalaisveren yhteenliittymä. Tulos ei ole ollenkaan huono, itse asiassa eximia, ellei vallan kiitettävä. Juuret ovat aika normaalit, ehkä jossakin kohden hieman romanihiukkasilla kyllästetyt, mutta näillä on menty ja mennään edelleen. Heiniemestä lähti Niemonen ja Salmelasta Salminen. Mutta ei me silti mitään diminutiivejä olla.

Ukkonen tuli aina samasta suunnasta

taivaanranta pimeni hetkessä

ei saanut pelätä silti pelkäsin

mutta veljeni vielä enemmän

niinpä minun oli uitava

istuttava laiturilla

sateen hakatessa vettä vaahdoksi

miksi

no, niin oli tehtävä

mitä sitä kyselemään

MIKÄ SE OLI SE EETVIN SAARI?

Kaikki, mitä edellä on kirjoitettu, on totta. Ehkä vähän muunneltuna, kevyesti väritettynä, jopa ristiriitaisia ajatuksia herättävänä, mutta kuitenkin tapahtunutta. Ainakin melkein.

Voi olla, että joku saattaa loukkaantua. Niinhän aina käy, jos tekstiä kirjoitetaan tunteella. Niin minä olen edellä tehnyt, sillä vaikka olen historioitsija ja opettaja, en ole pedantti. Tein tämän kirjan osana jokapäiväistä eläkeläisarkea. Kuluneeseen vuoteen kuuluivat äiti-Eevan kuolema, syksystä lähtien omat terveyshuolet ja nyt koko maailmaa koetteleva pandemia.

Juuri nyt saaren ajatteleminen tuntuu aika pieneltä ja turhalta. Toivon, että olisin kirjoittanut kirjan joiltakin osin paljon myönteisempään sävyyn kuin nyt olen tehnyt. Ehkä kuvasin veljieni toimia saaressa liian vähäisiksi tai välinpitämättömiksi ja toistin sen ilmeisesti useammassa kohden.

En kuitenkaan pyydä anteeksi mitään. Kirja on kaikesta huolimatta historiaa Salmisen suvusta Muuratjärven kalliosaaressa ennen ja jälkeen sen, mikä on juuri nyt. En nimittäin lopeta tätä vielä.

Juurruimmeko saaren peruskallioon vai juutuimmeko sen karanteeniin niin, ettemme vieläkään pääse sieltä pois. Minulle ainakin taisi käydä niin. Yksi vene, minä yksin. Se opetti.

Saattaahan olla, että pieni muistutus saaresta tekee hyvää Salmisen suvun nuoremmallekin kannalle. Lukekaa tätä rivien välistä, jos tuntuu, että teksti on liian masentavaa tai syyllistävää joissakin kohdin. Niiden rivien välistä löydätte paljon, jos ei nyt ihan rakkautta, niin ainakin syvää kiintymystä. En minä olisi tätä tehnyt, jos en välittäisi.

Nyt on syytä ryhtyä lopettelemaan tätä kertomusta ennen kuin liikutun itse omista ajatuksistani.

Kirjoittamisesta olen aina pitänyt, mutta se päätteos jäi tekemättä. Tai olikohan se sittenkin tässä. Nythän olen sanonut, miten maailma on minun osallani maannut. Eihän siinä sen kummempaa tarvitse.

Olkaa veljeni sellaisia kuin olette. Niin minäkin olen kaltaiseni. Jokunen vuosi sitten kirjoittamaani runoon Ruostuneet raiteet on hyvä lopettaa:

Joskus on hyvä kulkea siellä

eletyn elämän rautatiellä

sillä ennen niin hohtivat sillat ja kaiteet

nyt ovat ruostuneet ruskeiksi raiteet

näin liikkuu miete vanhan miehen

katse kun kohdistuu kiskotiehen

ajattelee vaimoaan muistaa lapsiaan

yrittää haroa harmaita hapsiaan

Mutta ei voi

mies kalju kuin muna

sillä eräänä päivänä kirottuna

hän peiliin katsoi

oli lähtenyt tukka

ei kunnialla harmaantua

saanut miesrukka

Näin kohtelee luonto monesti niitä

joille rauhaisa tahti ei raiteilla riitä

lyhyt askellus loivat kaarteet

ne ovat onnekkaan elämän aarteet

sääliksi käy tuotakin miestä

joka lohtua etsii rautatiestä

niin ruosteien rauta rassaa häntä

kun rutajaa omankin moottorin mäntä

Mutta mitään ei mahda

ei vavahda luonto

muualla laadittu on kaiken juonto

ryppyinen käsi nyrkkiin puristuu

mies miltei omaan kiukkuunsa kuristuu

jos ruostuu rauta niin ruostukoon

jos suostuu joku niin suostukoon